MIX
Papier aus verantwortungsvollen Quellen
FSC® C020056

ISBN 978-3-649-67016-2

Design: Heike Kluge
Illustrationen: Marion Bloem
Gestaltung: Beate Kahramanlar, TRYXZ-Design
Lektorat: Kai König

www.coppenrath.de

Hans Kruppa

Die Reise zum Glück

Eine Geschichte über das Leben

COPPENRATH

Die junge Frau blieb vor dem Abteil stehen und versuchte, den Mann mit einem prüfenden Blick einzuschätzen. Dann öffnete sie die Tür und zeigte auf den Fensterplatz ihm gegenüber.
„Ist der noch frei?"
Er sah von seinem Buch auf, schaute sie an und lächelte. „Er hatte schon befürchtet, Sie würden nicht mehr kommen."
„Oh, hat er das? Dann lasse ich ihn nicht länger warten."
Ihr erster Eindruck, daß nichts Unangenehmes von diesem Mann ausging, verstärkte sich. Er wirkte freundlich, sensibel und strahlte etwas Vertrauenerweckendes aus.

Sie legte ihren Rucksack auf die Gepäckablage, setzte sich und blickte aus dem Fenster. Der Zug fuhr durch eine dünnbesiedelte Landschaft: ein sich stetig veränderndes Panorama von üppigen Wiesen und Sträuchern, Baumgruppen und einzeln stehenden Bäumen. Dann und wann eine eingezäunte Weide mit Kühen. Ab und zu ein Haus oder Anwesen in der Ferne. Das flache Land verführte den Blick dazu, sich am Horizont ein Meer zu wünschen.
Die Nachmittagssonne tauchte das Abteil in warmes Licht.
Ihre Blicke trafen sich kurz. Erst jetzt bemerkte sie das intensive Blau seiner Augen.
Er legte sein Buch zur Seite und schien über das Gelesene nachzudenken.

Als ihre Blicke sich wieder begegneten, sagte sie unvermittelt: „Ich bin geflüchtet."
„Wovor?"
„Vor einem Mann. Er saß mir gegenüber in ei-

nem anderen Abteil. In Zukunft reserviere ich nicht mehr, irgendeinen guten Platz findet man immer."

„Womit hat er Sie denn in die Flucht geschlagen?"

„Mit seinem intensiven, heimlichen Starren auf mein Gesicht, während ich las. So eine unsichere und zugleich schamlose Zudringlichkeit."

„Wahrscheinlich war er fasziniert von Ihnen, auf seine Art."

„Er war mir sehr unangenehm. Ich bin durch einige Waggons gegangen, auf der Suche nach einem anderen Platz. Sie sind der einzige Mensch in diesem Zug, der ein Buch liest. Die anderen schauen alle auf Smartphones, Tablets oder Laptops. Lesen Sie gern?"

„Ja. Ich liebe Bücher, ich brauche sie als geistige Grundnahrungsmittel. Bücher sind etwas ganz Tolles! Sie können nicht gehackt werden, sie können nicht getrackt werden, sie sammeln meine Daten nicht, spionieren mich nicht aus.

Sie können nicht abstürzen, von Viren angegriffen und ohne mein Wissen ferngesteuert werden. Sie brauchen nicht ständig neue Updates und drängen mir keine Werbung auf. Sie benötigen keine Akkus, die wiederum ständig neu mit Elektrizität versorgt werden müssen. Bücher sind wahre Wunder der Unabhängigkeit und Unaufdringlichkeit, der Vertrauenswürdigkeit und Verläßlichkeit. Ich sage ihnen eine glänzende Zukunft voraus!"
Die junge Frau konnte kaum aufhören zu lachen. „Das war gut! Und wie ist es so, Ihr Buch?"
„Ich weiß es noch nicht so recht."
„Auf welcher Seite sind Sie denn?"
„Etwa auf Seite vierzig."
„So weit schon? Und Sie wissen noch nicht, wie es ist?"
„Ich habe gemischte Gefühle. Ich brauche wohl noch ein paar Eindrücke."
„Mehr als zwanzig Seiten gebe ich einem Buch nicht, mich zu überzeugen, es ganz zu lesen.

Hat ein Buch mich noch nicht auf den ersten zwanzig Seiten in seinen Bann gezogen, kann es das nach meinen Erfahrungen auch später nicht mehr. Vor ein paar Jahren habe ich mir gesagt: Ich will keine Zeit mehr mit Büchern vergeuden, die mich nicht tief berühren, faszinieren oder inspirieren. Es gibt so viele wunderbare!"

Er hatte das Gefühl, daß ihre Mitteilungsfreude der Aufregung zu verdanken war, die sie aus der Begegnung mit dem unangenehmen Mitreisenden mitgebracht hatte, spürte aber auch, daß sie sich mehr und mehr beruhigte.

„Ich bin da wohl etwas flexibler", sagte er. „Bei mir fällt die Überzeugungschance, die ich einem Buch gebe, immer unterschiedlich groß aus. Dem einen gebe ich weniger Zeit, dem anderen mehr … Sind Begegnungen mit Büchern nicht wie Begegnungen mit Menschen? Da gibt es doch auch eine mehr oder weniger lange Phase der Prüfung, bevor man sich weiter

zu- oder abwendet. Und in beiden Fällen spielt das Timing eine große Rolle."
„Das Timing?"
„Ja. Man muß das richtige Buch zum richtigen Zeitpunkt finden! Gelingt es, kann es das eigene Leben verändern. Findet man es zu früh oder zu spät, hat es nicht diese überwältigende Wirkung. Mit Menschen ist es genauso."
Die junge Frau fragte sich, ob er damit auf ihre Begegnung anspielte. Oder wollte er ihr einfach nur eine persönliche Einsicht vermitteln?
„Dazu fällt mir eine kleine Geschichte ein", holte er sie aus ihren Gedanken.
„Eine Geschichte? Worüber?"
„Wie zwei Menschen sich zur richtigen Zeit am richtigen Ort begegnen. Möchten Sie sie hören?"
„Ja, gern. Ich mag Geschichten!"

Das letzte Lächeln

Ein Schuljunge, der seine Großmutter im Krankenhaus besuchen wollte, verirrte sich in den langen Gängen der Klinik und verwechselte in seiner Verwirrung die Nummer des Krankenzimmers.

So betrat er einen Raum, in dem eine fremde alte Frau in einem Einzelbett lag. Sie sah ihn mit einem flehenden Blick an und streckte eine Hand nach ihm aus.

Der Junge erkannte intuitiv, daß die Frau im Begriff war zu sterben. Sein Herz begann, schneller zu klopfen. Er fühlte, wie sein ganzer Körper heiß wurde, wie er Angst bekam vor der Begegnung mit dem Tod. Und doch wollten seine Beine dem Befehl seiner Angst nicht gehorchen, so schnell wie möglich wegzulaufen. Einige Sekunden blieb er wie gelähmt stehen, senkte den Kopf und starrte auf seine Schuhe. Als er den Blick wieder hob und sah, daß die Frau ihn immer noch mit einem Flehen in den Augen anschaute, das ihm fast das Herz zerriß, ging er auf sie zu, nahm ihre ausgestreckte Hand in seine und setzte sich neben sie auf ihr Bett.

„Danke“, flüsterte sie, während Tränen über ihr Gesicht liefen.

Auch dem Jungen flossen Tränen aus den Augen. Im Zimmer war es so still, als hätte die Zeit den Atem angehalten. Seine Angst war ohne ihn geflohen.

Das dankbare Lächeln, das die alte Frau ihm schenkte, bevor sie für immer die Augen schloß, sollte er sein Leben lang nicht vergessen.

Als er das Zimmer verließ, wurde ihm bewußt, daß er sich nicht verirrt hatte.

Die junge Frau atmete tief durch. „Sie haben diese Geschichte sehr schön erzählt. Sie ging mir sehr nah. Stammt sie von Ihnen?"
„Ja. Ich denke mir manchmal gern kleine Geschichten aus."
„Meine Großmutter hat mir in meiner Kindheit öfter vorm Einschlafen Geschichten erzählt. Sie hatte eine unerschöpfliche Kreativität. Ich bewundere sie – und meinen Großvater. Beide sind schon über Siebzig und sehen sich manchmal so zärtlich an wie ein frisch verliebtes Paar. Es ist schön zu sehen und zu wissen, daß zwei Menschen sich jahrzehntelang lieben können."
Sie wandte ihren Blick zum Fenster und schaute in die vorbeiziehende Landschaft, verlor sich in ihrer sonnigen Weite.

Der Klang seiner ruhigen Stimme brachte sie zurück ins Abteil. „Möchten Sie eine Geschichte über ein Liebespaar hören, das ein ähnliches Glück wie Ihre Großeltern hat?"
Sie sah ihn an und nickte ermutigend.

Heute vor vierzig Jahren

Sie gingen im Stadtpark spazieren. Es war Herbst, und die Bäume hatten viele ihrer Blätter schon verloren.

„Heute vor vierzig Jahren haben wir uns zum ersten Mal geküßt“, sagte sie und strich zärtlich über seine ergrauten Haare.

Er nickte und lächelte. „Ja, und es war unbeschreiblich. Ich wußte schon bei diesem Kuß, daß wir uns lange lieben würden. Er war so intensiv, so harmonisch, er hatte soviel Magie.“

„Wußtest du auch, daß wir zusammen alt werden würden?“

„Nein. Hast du es gewußt?“

Sie schüttelte den Kopf. „Aber mir war damals schon klar, daß ich so lange bei dir bleiben wollte, bis du mich fortschicken würdest.“

„Warum hätte ich das tun sollen?“

„Weil ich alt geworden bin.“

„Das bin ich doch auch! Wie könnte ich dich

fortschicken, nur weil du älter geworden bist? Ich hätte kein Herz, ich hätte keine Seele, wenn ich auch nur daran denken würde."

Sie lächelte und nahm seine Hand.

„Wir sind wie diese Bäume", sagte sie. „Wir haben einen Teil der Pracht unserer Liebe verloren."

„Aber wir haben sie genossen, als wir sie hatten, diese verschwenderische Pracht. Und darauf kommt es doch an", sagte er und streichelte ihre Hand. Er blieb stehen, zog sie impulsiv an sich und umarmte sie. „Ich werde dich immer lieben", sagte er leise und legte seine Hände ganz zart um ihren Kopf, als wollte er ihn vor dem kühlen Wind schützen, der die Blätter auf dem Weg aufwirbelte.

Und dann küßten sie sich. Wie vor vierzig Jahren. Anders als vor vierzig Jahren.

Und sie wußten tief in ihren Seelen, daß sie sich noch lieben würden, wenn sie nicht mehr lebten. Ihre Liebe füreinander würde ewig leben.

„Das ist eine sehr schöne Geschichte …“ Anna lächelte. „Seltsam: Jetzt unterhalten wir uns schon die ganze Zeit, aber wir haben uns noch nicht die üblichen Fragen gestellt. Zum Beispiel: *Wie heißen Sie?* oder *Was machen Sie so?* Das ist ungewöhnlich.“

„Ja, das ist es. Die meisten wollen beim Kennenlernen sofort wissen, was der andere macht. Die wenigsten interessieren sich dafür, was der andere ist. Denn das in Erfahrung zu bringen, kostet Einfühlungsvermögen und Zeit. Einfühlungsvermögen hat nicht jeder. Und mit Zeit wird gern gegeizt. Jeder will sich schnell ein Bild vom anderen machen. Dabei entsteht nur

dann etwas Wertvolles zwischen zwei Menschen, wenn sie die Zeit vergessen. Doch um sie vergessen zu können, muß man sie erst einmal verschenken. Ohne Garantie auf ein Gegengeschenk."
„Sie meinen, man muß etwas aufs Spiel setzen?"
Er nickte. „Man muß etwas aufs Spiel setzen, damit mehr daraus werden kann als ein Spiel."
Ihre Blicke blieben beieinander, bis der laute Ruf eines Jungen, der den Gang entlang rannte, das Zwiegespräch ihrer Augen beendete.

„Wollen wir uns nicht duzen? Ich bin Anna."
„Sehr gern! Ich bin Alexander."
„Hat das Geschichtenerzählen mit deinem Beruf zu tun? Das wäre auf jeden Fall ein origineller Beruf!"
„Nein, es ist rein privat. Aber die meisten Berufe, die mich interessieren würden, sind originell. Nur leider nicht existent."
„Welche wären das?"

„Zum Beispiel Freiheitsbotschafter. Liebesschützer. Leichtigkeitsversorger. Weisheitsbeauftragter. Tiefgangbegleiter."
Anna schmunzelte. „Schade, daß diese Berufe nicht existieren und die Miete nicht bezahlen können. Wie hast du dieses Dilemma gelöst?"
„Mit Berufen, die das können. Manuskripte für Buchverlage begutachten und lektorieren. Und Songs für Musikverlage komponieren. Alles auf freiberuflicher Basis. Und wovon lebst du?"
„Ich jobbe in einem Museum. Passe auf die Exponate auf, organisiere Ausstellungen, mache Führungen, pflege Kontakte zu Sponsoren des Hauses. Und was sonst noch so anfällt. Ich mache das schon ein paar Jahre, aber es kommt mir immer noch vor wie ein Provisorium. Wie eine Überbrückung der Zeit, bis ich das Richtige finde."
„Und was könnte das Richtige sein?"
„Ich habe Kunstgeschichte studiert und mit dem Master abgeschlossen. Damit könnte

ich in den öffentlichen Dienst gehen, oder als Kunstjournalistin arbeiten. Ich könnte auch versuchen, in einer Galerie anzufangen. Aber das fühlt sich alles nicht richtig an. Manchmal kann ich abends nicht einschlafen, weil ich darüber nachdenke, was das Richtige für mich wäre. Aber ich finde es nicht heraus."

„Vielleicht geschieht irgendwann etwas, das es dir zeigt. Ganz von selbst. Eines Morgens wachst du auf und weißt: Das ist es! Weil du einen Traum hattest, der es dir gezeigt hat."

„Einen Traum? Wäre das nicht etwas einfach? Muß man nicht immer hart mit sich kämpfen, wenn es um eine schwierige Entscheidung mit langfristigen Konsequenzen geht?"

„Ich kann dir zu diesem Thema eine kleine Geschichte erzählen", bot er ihr an.

Sie mußte lächeln und machte mit ihrer rechten Hand eine einladende Geste.

Der Traum

Ein hochbegabter junger Mathematiker forschte nach einer Formel, so genial, daß sie die gesamte Fachwelt in Erstaunen versetzen und der Mathematik dort eine Tür öffnen würde, wo bislang eine endlos hohe und lange Mauer ein Weiterkommen unmöglich machte. Er spürte, daß er dazu bestimmt war, diese Formel zu entdecken, und scheute auf der Suche nach ihr keinen noch so steilen, steinigen Weg, keine noch so große, an die Grenzen seiner Kraft gehende Anstrengung.

Es war ihm manchmal, als stünde er kurz vor ihrer Entdeckung, doch dieses Empfinden hatte er schon vor Jahren gehabt. Immer mehr beschlich ihn das Gefühl, daß die Formel sich

umso weiter von ihm entfernte, je mehr er sich ihr näherte – als würde sie ein Spiel mit ihm treiben.
Doch die Schuld an seinem Scheitern gab er allein sich selbst. Seine Formel spielte nicht mit ihm. Sie existierte irgendwo im Universum der Mathematik wie ein unentdeckter Planet, den er mit seinem Teleskop bislang nicht entdecken konnte. Sie entzog sich seinem forschenden Blick, sie widerstand seinen beharrlichen Annäherungsversuchen, sie war auf keinem Weg zu finden, den er ging. Und er ging viele, und alle waren kräftezehrend.
Schließlich kam der Tag, an dem er aufgab. Er war ein alter Mann geworden und hatte den größten Teil seiner Lebenskraft einer Ahnung, einem Gefühl, einer Hoffnung geopfert, die sich als Illusion entpuppt hatte. Die Formel gab es schlicht und einfach nicht. Und wenn es sie doch gab, reichten seine Fähigkeiten nicht aus, sie zu finden.

Er war nicht verbittert, aber maßlos enttäuscht und traurig über die unwiederbringlich verlorene Lebenszeit, die seine gescheiterte Suche ihn gekostet hatte. Schweren Herzens beendete er sie, ließ sie los und gab den letzten Rest an Zuversicht auf, an dem er noch festgehalten hatte. In der folgenden Nacht hatte er einen Traum, in dem ihm ein Mädchen erschien, das ihm einen Briefumschlag gab und mit einem heiteren Lächeln zu ihm sagte: „Der seltene Schmetterling setzt sich nicht auf die Faust des Kämpfers, sondern auf die Blüte im Haar der Tänzerin."
Verzaubert vom Lächeln des Mädchens öffnete er den Umschlag und zog einen Zettel daraus hervor, auf dem eine mathematische Formel stand, die ihm aus einem unerfindlichen Grund als sehr wichtig erschien. Er erwachte und schrieb sie im Halbschlaf auf den Notizblock, der immer auf seinem Nachttisch lag. Gleich darauf sank er wieder in tiefen Schlaf.
Als er am nächsten Morgen aufstand, hatte er

seinen Traum vergessen. Erst am frühen Nachmittag, als er sich eine Viertelstunde auf sein Bett legen wollte, fiel sein Blick auf den Notizblock.

Auf den ersten Blick erkannte er: Dort stand schwarz auf weiß die Formel, die er sein Leben lang gesucht hatte. Sein Traum hatte sie ihm geschenkt. Und wenn er die Worte des Mädchens richtig interpretierte, war er an der Entdeckung der Formel gescheitert, weil er sie zu sehr gesucht hatte.

Anna lächelte. „Faszinierend! Wie entstehen eigentlich deine Geschichten?"
„Ganz spontan. Ich fange einfach an zu schreiben. Aus einem kreativen Impuls heraus. Intuitiv, ohne einen Plan. Im Grunde schreiben sich die Geschichten selbst, mit freundlicher Hilfe meiner Hand."
„Muß man beim Schreiben einer Geschichte nicht immer ein Ziel vor Augen haben?"
„Ich zumindest nicht. Ich muß nur in Fluß kommen. Und dann wird es spannend, weil ich keine Ahnung habe, wohin er mich treibt."
„Du erzählst deine Geschichten so sicher, als würdest du sie in- und auswendig kennen. Du hast ein sehr gutes Gedächtnis."

„Oh, danke! Ich kann die Geschichten abrufen, aber nicht Wort für Wort so, wie ich sie geschrieben habe. Ein bißchen Improvisation ist immer dabei. Ich hatte das Gefühl, eben war der richtige Moment, dir von dem Traum des Mathematikers zu erzählen. Natürlich hätte ich auch einfach sagen können, daß man manches deshalb nicht bekommt, weil man es zu sehr will. Aber wenn du das Herz eines Menschen erreichen möchtest, erzähle ihm eine Geschichte! In gewisser Weise bleiben wir alle unser Leben lang das Kind, das du warst, als deine Großmutter dir Geschichten erzählte."
„Du möchtest mein Herz erreichen?"
„Ja. Einsichten bleiben doch wirkungslos, wenn sie nur von Kopf zu Kopf weitergegeben werden. Sie müssen ins Herz gehen, um ihre Wirkung entfalten zu können – und vom Herzen aus das ganze Wesen durchdringen. Sonst sind sie wie Saatkörner, die nicht keimen."
„Du hast eine poetische Art zu reden."

„Ich liebe Poesie. Nicht nur die sprachliche. Die Anmut einer Geste, die mehr sagt als hundert Worte. Den Zauber eines Lächelns, das die Atmosphäre aufhellt. Die Faszination eines Blicks, der den Raum mit Schönheit füllt."
„Woher nimmst du eigentlich die Weisheit in deinen Geschichten?"
„Aus meiner Seele. Magst du Weisheit nicht?"
„Doch. Warum interessierst du dich dafür?"
„Ich sehe den Menschen und Dingen gern auf den Grund, hinter ihre Kulissen. Ich möchte das Eigentliche hinter dem Offensichtlichen erkennen. Deshalb habe ich wohl Philosophie studiert."
Ein Schaffner öffnete die Abteiltür und bat sie um die Fahrkarten. Bevor er wieder ging, sah er Alexander kurz mit einem abwesenden Blick an.

„Hast du schon immer gern hinter die Kulissen geschaut?"

„Nein, das fing erst an, als ich auf die Zwanzig zuging. Da spürte ich zum ersten Mal, daß das Offensichtliche, das Oberflächliche mir nicht genügte und mich nicht glücklich machte."
„Und hat der Blick hinter die Kulissen dich glücklich gemacht?"
„Nicht sofort. Am Anfang war er öfter verwirrend und manchmal auch desillusionierend. Aber ich wußte, daß es richtig war, mich auf das Wesentliche zu konzentrieren. Daß die Zeit dafür gekommen war. Und mit den Jahren spürte ich: Je mehr ich mich von der Oberflächlichkeit entfernte, desto näher kam ich dem Glück."
„Die meisten Menschen wollen glücklich sein. Aber ich glaube, die wenigsten sind es. Das Glück ist schwer zu finden."
„Ja. Aber manche tun sich schwerer damit als nötig. Darf ich dir eine kleine Geschichte darüber erzählen?"
„Aber ja!"

Glück erfordert Mut

Eine Frau saß mit einem guten Freund, dessen tiefes Lebenswissen sie schon immer bewundert und geschätzt hatte, im Garten und fragte ihn spontan: „Warum können wir Menschen nicht so glücklich sein wie die Vögel?"
„Woher weißt du, daß die Vögel glücklich sind?"
„Wenn ich sie beobachte, empfinde ich es so. Sie wirken so heiter und fröhlich, voller Lebensfreude und unbeschwert."
„Ich sah neulich einen Vogel in einem Baum", sagte ihr Freund, „der ziemlich unglücklich aussah. Er hockte stumm auf einem Ast und starrte in den Nieselregen, als hätte er das Singen und Fliegen verlernt."
„Dann frage ich dich einfach, warum wir Menschen nicht glücklich sein können."

„Wir können es schon, aber manche wollen es gar nicht. Sie haben Angst davor. Sie bevorzugen das Gewohnte, das Sichere, auch wenn es sie nicht erfüllt und oft langweilt oder traurig macht. Denn wenn man glücklich ist, hat man sehr viel zu verlieren: sein Glück. Manche gehen an das Leben heran wie jemand, der sich verliebt hat, aber seine Gefühle unterdrückt, weil er Angst davor hat, abgewiesen und verletzt zu werden. Er verbietet sich eine glückliche Gegenwart, um eine möglicherweise unglückliche Zukunft zu vermeiden. Dabei ereignet sich das wahre Leben immer nur in der Gegenwart. Aber was wolltest du mich eigentlich fragen?"

„Warum ich nicht glücklich bin", gestand die Frau.

„Ich habe dir bereits die Antwort gegeben. Wer das Glück gewinnen will, muß die Angst überwinden, es wieder zu verlieren. Glück erfordert Mut. Den Mut, die Dinge zu tun, die dich glücklich machen, und die Dinge zu unterlassen, die dich unglücklich machen."

„Das klingt so einfach", sagte die Frau mit skeptischem Unterton.

„Das ist es im Grunde auch", erwiderte ihr Freund. „Aber der Mensch ist das einzige Lebewesen der Welt, das sich das Leichte schwermachen kann."

„Hattest du immer genug Mut, die Dinge zu tun, die dich glücklich machen?“ fragte Anna.

„Manchmal vielleicht nicht genug. Manchmal vielleicht ein bißchen zuviel. Aber ich spürte, daß die Richtung stimmte. Daß ich nicht an der Oberfläche des Lebens plätschern, sondern in die Tiefe gehen wollte. Ich hatte mein Ikigai gefunden.“

„Ikigai?“

„So nennen die Japaner das, wofür es sich zu leben lohnt. Was das Leben sinn- und wertvoll macht. Das, wofür du morgens aufstehst. Deine Berufung. Wenn du dein Ikigai findest, schenkt es dir Lebensfreude und Zufriedenheit.“

„Und wie findet man sein Ikigai?“
„Indem man es in sich selbst sucht.“
„Schaffen das alle Menschen?“
„Ich glaube, die meisten schon. Aber manche finden es vielleicht nicht, weil es ihnen an Zeit oder Freiheit fehlt. Oder an Zuversicht, an Geduld, an Ausdauer.“
Alexander sah aus dem Fenster in den Himmel, an dem der Wind hellgraue Wolken vor die Sonne geschoben hatte. Anna folgte seinem Blick.
„Schau, die Sonne ist verborgen. Man sieht sie nicht“, sagte er. „So könnte es manchen Menschen auf der Suche nach ihrem Ikigai gehen. Wolken am Himmel ihrer Seele verbergen es, und deshalb sehen sie es nicht.“
„Aber Wolken ziehen weiter und geben irgendwann wieder den Blick auf die Sonne frei. Man muß nur warten.“
„Manchmal hält sich eine seelische Wolkendecke sehr lange und erweckt den falschen

Eindruck, daß es keine Sonne gibt. Was dazu verführen kann, einen falschen Weg einzuschlagen."

„Kann man sich helfen lassen, sein Ikigai zu finden?"

„Ja, man kann sich anregen, inspirieren lassen. Von Menschen, von Büchern, von Musik, von der Kunst, von Reisen, von der Natur. Von seinen Träumen. Man muß sich nach außen und nach innen öffnen, um sein Ikigai in der eigenen Seele zu finden."

„Und woran merkt man, daß man es gefunden hat?"

„Man empfindet Freude, Erleichterung, Glück. Aber es ist nicht so, daß man es dann jeden Morgen anziehen kann wie ein Hemd. Man muß es täglich aufs neue mit Leben füllen, man muß es pflegen. Das tut man in der Regel liebend gern und mit leichter Hand, denn man lebt ja dafür. Doch in manchen Phasen kann es auch schwierig werden, seinem Ikigai die Aufmerksamkeit und Zuwendung zu geben, die es verdient hat. Man kann sich ungewollt von ihm entfernen, es sogar aus den Augen verlieren."

„Und was dann?"

„Dann muß man versuchen, es baldmöglichst wiederzufinden. Es gab einen Mann, dessen Ikigai es war, seiner Frau täglich aufs neue seine Liebe zu zeigen. Aber er kam von seinem Weg ab. Magst du seine Geschichte hören?"

„Ja, natürlich!"

Das Pappmaché-Pferd

Dieser Mann wachte – wie unser Mathematiker – mitten in der Nacht aus einem Traum auf. Er fühlte sich müde und erschöpft. Das ungewöhnlich arbeitsreiche letzte Jahr hatte seine ganzen Energiereserven aufgebraucht. Nur selten hatte er genügend Kraft und Sanftheit in sich gespürt, um seine Frau zärtlich in den Arm zu nehmen.

Der Mann war traurig über diese Entwicklung, denn die Liebe zu seiner Frau, mit der er schon lange zusammenlebte, war das Wertvollste in seinem Leben.

Vorsichtig stand er auf und ging auf leisen Sohlen in die Küche, um ein Glas warme Milch mit Honig zu trinken – in der Hoffnung, bald wieder einschlafen zu können.
Auf der Kommode im Korridor fiel sein Blick auf das weißbemalte Pferd aus Pappmaché, das seine Frau ihm vor langer Zeit geschenkt hatte. Mit ihren geschickten Händen hatte sie es für ihn gebastelt. Er nahm es von der Kommode, führte es spontan zu seinen Lippen und gab ihm einen Kuß auf die Schnauze. Dabei stieg plötzlich das Gefühl der großen Liebe zu seiner Frau so stark in ihm auf, daß ihm Freudentränen aus den Augen liefen.
Behutsam stellte er das Pappmaché-Pferd wieder auf die Kommode zurück – eines der vielen von Herzen kommenden Geschenke seiner Frau, die sie ihm täglich allein schon dadurch

machte, daß sie immer gesprächsbereit und aufgeschlossen für ihn war. Auf ihre Aufmerksamkeit und Hilfsbereitschaft konnte er sich verlassen.

„Alles wird sich ändern! Ab jetzt!" versprach er dem Pappmaché-Pferd. „Ich werde im Beruf zwei Gänge zurückschalten, damit ich Zeit und Kraft genug habe, deiner Schöpferin meine Liebe wieder täglich zu zeigen. Es genügt nicht, daß ich sie tief in mir spüre. Auch sie soll sie spüren."

Nachdem er die Milch getrunken hatte, ging er leise ins Schlafzimmer zurück, legte sich zu seiner Frau ins Bett und lauschte ihren ruhigen, gleichmäßigen Atemzügen. Er empfand Freude und tiefe Dankbarkeit für das Glück, mit ihr schon so lange in Liebe verbunden zu sein.

Am liebsten hätte er sich über ihr Gesicht gebeugt und ihr einen Kuß auf den im Schlaf leicht lächelnden Mund gegeben, doch ihr Lächeln deutete auf einen schönen Traum hin, aus

dem er sie nicht wecken wollte. So schenkte er ihr seinen Kuß in Gedanken.
Im selben Augenblick gab sie ein leises, freudiges Geräusch von sich, als hätte sie sein liebevolles Gefühl in ihrem Schlaf gespürt.

Annas Gesicht verriet, daß ihr die Geschichte gefiel. „Wenn man sehr lange zusammenlebt, ist die Gefahr wohl groß, daß Gefühle sich nach innen zurückziehen und zu wenig Ausdruck finden. Insbesondere, wenn man beruflich überlastet ist. Aber man darf das nicht zulassen. Eine schöne kleine Geschichte über eine große Liebe!"

„Ich komme gerade von der Beerdigung einer Frau, die ich vor fünf Jahren geliebt habe", sagte Alexander. „Für mich war es eine große Liebe. Ich habe damals gedacht, daß es auch eine lange Liebe sein würde, aber sie dauerte nicht mal ein Jahr."

„Woran lag es?“
„Wir hatten unterschiedliche Zukunftsvorstellungen. Sie wollte Kinder haben, eine Familie gründen – so bald wie möglich. Ich wollte einfach nur diese wundervolle Liebe mit ihr leben, das war mir mehr als genug. Es war ein sehr ernster Konflikt. Als ihr klar wurde, daß er nicht zu lösen war, trennte sie sich von mir und wandte sich bald darauf einem gemeinsamen Freund zu. Ein paar Monate später waren die beiden ein Paar. Sie bekamen Kinder, zwei Mädchen.“
„Wie ist sie gestorben?“
„Ein Autounfall. Ihr Vater hatte mich zu ihrem Begräbnis eingeladen. Ich dachte, ich hätte längst mit ihr abgeschlossen, aber vielleicht hatte ich es noch nicht. Aus irgendeinem Grund zog es mich jedenfalls zu ihrer Beerdigung. Doch als ich zu dem Friedhof kam und die Menschen an ihrem Sarg stehen sah, bin ich stehengeblieben. Etwa fünfzig Meter von ih-

nen entfernt. Ich stand da wie angewurzelt mit meiner Rose in der Hand, vielleicht eine halbe Minute lang. Niemand hat mich bemerkt."
Alexander atmete tief ein und aus, schien um sein inneres Gleichgewicht zu kämpfen, und schüttelte den Kopf. „Das war ziemlich absurd! Ich setze mich zwei Stunden in einen Zug, um mich an ihrem Sarg von ihr zu verabschieden. Und dann drehe ich mich kurz vor dem Ziel wieder um und fahre zum Bahnhof zurück! Eigentlich bin ich ein Mensch, der zu Ende bringt, was er anfängt."

„Anscheinend konntest du nicht anders. Bedauerst du es?"

„Nein, ich verstehe es nur nicht. Es war ein starker Impuls, dem ich einfach folgen mußte. Eine eindrückliche innere Stimme, die aus meiner Seele kam und mir sagte: Du hast ihren Sarg gesehen, das genügt. Jetzt geh und fahr zurück nach Hause!"

„Folgst du immer deiner inneren Stimme?"

„Ja. Auch wenn sie nicht so klar und intensiv zu mir spricht, wie sie es heute getan hat."
„Was hast du mit der Rose gemacht?"
„Ich habe sie einer fremden Frau geschenkt, die mir auf dem Bahnhofsplatz entgegenkam und mich freundlich anlächelte. Als wollte sie mir sagen, daß alles gut ist."
„Hast du sehr gelitten, als deine ehemalige Freundin sich damals von dir trennte?"
„Ja. Ich war schockiert und tief verletzt. Enttäuscht und todtraurig. Ich konnte es nicht begreifen. Aber mit der Zeit verstand ich: Unsere Lebenswege, unsere innersten Bedürfnisse waren nicht miteinander zu vereinbaren. Sie war einfach nur konsequent."
„Aber auch ein bißchen egoistisch", sagte Anna. „Egoismus und Liebe können wie Feuer und Wasser sein."
„Ja. Genau dazu kann ich dir eine Geschichte erzählen."
„Ich bin ganz Ohr!"

Die Liebe und der Egoismus

Die Liebe begegnete dem Egoismus. Unter normalen Umständen wäre eine solche Begegnung nur sehr kurz gewesen, da der Egoismus die Nähe der Liebe grundsätzlich mied. Doch nun steckte der Fahrstuhl, den sie beide benutzten, zwischen zwei Stockwerken fest.
Der Egoismus beschimpfte sich innerlich als leichtsinnig, weil er mit der Liebe in denselben Lift gestiegen war. Er wußte doch nur zu gut, daß man bei ihr nie wissen konnte.
Die Liebe beglückwünschte sich zu der Chance, endlich einmal das zu tun, was sie schon lange tun wollte: dem Egoismus ihren Spiegel vorzuhalten.

Der Egoismus seufzte und drückte die Notruftaste. „Jetzt sitzen wir hier fest. Ausgerechnet wir beide!"
„Vielleicht soll es so sein?" fragte die Liebe.
„Ich habe keine Lust auf Spekulationen. Ich habe Angst", gestand er.
„Wo die Angst ist, geht es lang", sagte sie und hielt dem Egoismus unvermittelt ihren Spiegel vor.
„Oh jemine, bin ich häßlich!" stellte er fest.
„Berechenbarkeit, Rücksichtslosigkeit und Herzenskälte führen nun mal nicht zu Schönheit!"
„Nun mach mich bitte nicht schlechter, als ich bin!" wehrte der Egoismus sich. „Jeder Mensch braucht mich, damit die anderen ihn nicht übervorteilen und ausnutzen. Ich schütze ihn vor Ausbeutung und Betrug und setze seinem Mitgefühl vernünftige Grenzen. Ich treibe ihn zu Höchstleistungen an, die letztlich allen nützen. Ich stehe immer treu und zuverlässig an seiner Seite. Doch du, so schön du auch sein

magst, läßt ihn oft genug mit seinen Träumen und Hoffnungen im Regen stehen!"
„Ich bin sicherlich nicht so zuverlässig wie du", gestand die Liebe ein. „Und manchmal treibt ein Sturm des Schicksals mich an einen trostlosen Ort, zu dem ich nie und nimmer wollte. Doch auch du hältst so manches Versprechen nicht, das du den Menschen gibst."
„Gib mir ein Beispiel!"
„Du versprichst ihnen, daß sie am besten fahren, wenn sie dir folgen. Aber die schönsten und wertvollsten Erlebnisse seines Lebens hat der Mensch, wenn er mir folgt."
Der Fahrstuhl setzte sich abrupt wieder in Bewegung.
„Wir sollten nie wieder zusammen in einem Aufzug fahren!" schlug der Egoismus vor. „Feuer und Wasser müssen sich voneinander fernhalten."
„Wer von uns ist deiner Meinung nach das Wasser?" fragte die Liebe.

„Das bist du, denn du kannst mich auslöschen." „Nein", widersprach sie ihm. „Ich kann dich zurückdrängen, dich verunsichern und für eine Weile in die Passivität schicken. Doch auslöschen kannst nur du mich! Denn du bist das Wasser – und ich bin das Feuer. Ich schenke dem Herzen Wärme und der Seele Licht, doch du kannst ihnen nur Kälte geben. Du wirst nie wissen, was es bedeutet, für einen Menschen zu brennen und zu leuchten."

Der Egoismus hörte schon nicht mehr richtig hin, denn der Fahrstuhl hatte das Erdgeschoß erreicht. Sobald die Tür sich öffnete, lief er schnell davon.

Sie schauten eine Weile aus dem Fenster, wo noch mehr Wolken am Himmel aufgezogen waren und den Farben der Landschaft einen Teil ihrer Kraft entzogen.

„Schau mal! Da schwebt ein Heißluftballon!"

Alexanders Blick folgte der Richtung, in die Annas Arm zeigte. „Ein seltenes Beispiel dafür, daß heiße Luft erhebend wirken kann."

Sie lachte leise.

Gemeinsam sahen sie der roten Kugel am Himmel beim gemächlichen Schweben zu, die mit ihrer Langsamkeit und der Einfachheit ihrer Funktionsweise wie ein Gruß aus einer längst vergangenen, beschaulichen Zeit wirkte.

Die Stille im Abteil wurde durch das Aufschieben der Tür gebrochen. „Möchten Sie vielleicht eine Praline?“ Eine Bahnmitarbeiterin hielt ihnen mit freundlichem Gesicht ein mit Süßigkeiten belegtes Tablett entgegen.
Sie freuten sich über diese Aufmerksamkeit und bedienten sich.
„Ein Vorteil der ersten Klasse, neben den ruhigeren Abteilen und bequemeren Sitzen“, sagte Anna, als sie wieder allein waren. „Die Frau wirkte zufrieden und ausgeglichen. Vielleicht hat sie ihr Ikigai gefunden. Vielleicht ist sie verliebt.“
Alexander lächelte. „Oder womöglich beides? Was ist eigentlich dein Ikigai?“
Anna zuckte mit den Schultern. „Ich suche wohl noch danach. Ich habe einen Traum, aber ich weiß nicht, ob ich ihn verwirklichen kann.“
„Das findest du nur heraus, wenn du es versuchst. Magst du mir deinen Traum verraten?“
„Ich würde gern irgendwann von meiner Ma-

lerei leben können. Aber das schaffen nur die allerwenigsten Maler."

„Du malst?"

„Wahnsinnig gerne!"

„Welche Motive?"

„Vor allem Tiere. Vor zwei Monaten habe ich meine Kuhphase beendet."

„Kuhphase? Wie kann ich mir diese Bilder vorstellen?"

„Irreale Situationen, realistisch gemalt, mit Öl auf mittelgroßen Leinwänden. Eine Kuh fährt Schlittschuh in einem ausverkauften Eisstadion. Eine surft in der Brandung, eine wartet in einer Menschenschlange vor einer Supermarktkasse. Eine andere steht selbstbewußt im Tor einer Fußballmannschaft ... Du schmunzelst?"

„Na ja, ich stelle mir die Bilder vor."

Anna lachte fröhlich. „Die meisten schmunzeln, wenn sie meine Kuhbilder sehen. Manche fragen mich, warum ich die Kühe in solche Situationen bringe."

„Und was antwortest du?“
Sie strahlte. „Weil es mehr Spaß macht, eine Kuh zu malen, die vor Publikum auf dem Centre Court von Wimbledon grast, als unbemerkt auf einer stinknormalen Kuhweide. Ich mag es manchmal, die Realität ein bißchen anders darzustellen, als sie ist. Aber ich male ebenso gern ernste Bilder: Gesichter, Bäume, Blumen, Landschaften.“
„Ich bekomme das Gefühl, als hättest du dein Ikigai schon gefunden.“
„Aber du weißt, daß nur fünf Prozent der bildenden Künstler von ihrer Kunst leben können?“
„Und wenn du zu diesen fünf Prozent gehörst?“
„Das zu hoffen, erfordert viel Optimismus.“
„Wenn du nicht daran glaubst, kann es nicht wahr werden.“
„Wäre es nicht ziemlich unvernünftig, daran zu glauben?“
„Manchmal ist es die Vernunft, die uns daran

hindert, so zu leben, wie wir eigentlich leben sollten. Manchmal müssen wir unvernünftig sein."

„Daran glauben. Unvernünftig sein." Anna seufzte. „Klingt nicht nur nach viel Optimismus, auch nach viel Mut. Weißt du, wieviel Bilder ich bislang verkauft habe? Gerade mal zwei!"

„Jetzt hast du drei verkauft! Ich kaufe das Bild der Kuh auf dem Centre Court in Wimbledon. Es ist doch verkäuflich?"

„Ja klar, du kannst es kaufen! Allerdings erst in drei Wochen. Es hängt gerade in der Galerie Nagelsmann, mit meinen anderen fünfzehn Kuhbildern. Keine große Galerie, aber mit einem ganz guten Ruf. Gehört der besten Freundin meiner Oma. Ein Maler hat eine geplante Ausstellung abgesagt, so entstand eine Lücke. Und die durfte ich mit meinen Kuhbildern füllen. Die Ausstellung habe ich *Freiheit für Kühe* genannt. Normalerweise hätte das wohl nicht so leicht geklappt. Ich glaube, die Galeristin hat es nicht zuletzt für meine Oma getan, als Freundschaftsdienst. Ich weiß nicht, wie sie meine Bilder wirklich findet. Sie hat sie bei ihrer kleinen Ansprache über den grünen Klee gelobt, aber jeder Händler preist seine Waren an. Vorgestern abend war die Vernissage. Meine erste!"

„Meinen Glückwunsch! Und wie war sie?"

„Die Galerie war gut besucht. Frau Nagelsmann wirkte zufrieden. Die Leute waren nett und interessiert. Einige haben Kommentare abgegeben und mir Fragen gestellt. Viele wollten wissen, warum ich ausgerechnet Kühe male."

„Was hast du geantwortet?"

„Daß Kühe großartige Tiere sind! Sie können einen so rührend ansehen mit ihren schönen, sanften Augen."

„Sag Frau Nagelsmann bitte, daß sie das Wimbledon-Kuhbild für mich reservieren soll."

„Mach ich!"

Alexander sah, wie Annas Augen glänzten. Beim Gespräch über ihre Bilder war sie aufgeblüht. Ihre Begeisterungsfähigkeit, ihr absichtloser Charme, ihre Ausstrahlung und ihre Erscheinung faszinierten ihn. Es war eine außergewöhnliche junge Frau mit klaren blauen Augen, die da in einem geblümten Kleid vor ihm saß, mit ihrem aparten Gesicht, ihrer melodischen Stimme und dem leger hochgesteckten dunkelblonden Haar.

„Wenn die Malerei dein Ikigai ist, was ich glaube, solltest du ihr den Raum in deinem Leben geben, den sie zu ihrer vollen Entfaltung braucht – und dich in deiner Kunst ausprobieren und weiterentwickeln! Es ist eine sehr schöne Begabung, ein besonderes Geschenk! Es macht dir viel Freude zu malen, du scheinst mit Herz und Seele dabei zu sein."
Sie nickte. „Ja, das bin ich. Die Freude kommt von innen. Meine Hand, die Pinsel und die Farben sind eigentlich nur Werkzeuge, mit denen ich sie ausdrücke. Wenn ich male, fühle ich mich

in Einklang mit mir, vergesse die Zeit und alles um mich herum. Ich bin total auf das entstehende Bild konzentriert. Und wenn es gemalt ist, habe ich ein Glücksgefühl, das tagelang nachwirken kann."

„So hört es sich an, wenn jemand über sein Ikigai redet! Was macht dir sonst noch Freude – neben der Malerei?"

„Lesen. Vor allem Romane und Erzählungen. Gute Musik gibt mir viel. Und echte Nähe zu einem anderen Menschen. Eine solche Nähe ist leider nicht leicht zu finden. Sie braucht viel Vertrauen." Anna verstummte und blickte eine Weile aus dem Fenster, bevor sie sich wieder Alexander zuwandte: „Ich kann nicht mehr so gut vertrauen wie früher. Seit einer heftigen Enttäuschung. Obwohl das jetzt schon ein Jahr her ist. Eine Liebesgeschichte. Mit meinem Vertrauen bin ich damals in ein tiefes Loch gefallen. Nur mit Mühe und Not bin ich da wieder herausgekommen und möchte eigentlich nie wieder so etwas erleben. Deshalb bin ich wohl vorsichtiger geworden."

„Das verstehe ich gut. Aber Vorsicht kann nicht nur vor Schlechtem schützen, sie kann auch Gutes verhindern. Eine Wunde, die eine alte Liebe hinterlassen hat, wird durch nichts besser geheilt als durch eine neue Liebe."

„Sofern sie keine neue Wunde schlägt", wandte Anna ein.

„Ja, sicher. Man weiß nie, wann und wie eine Liebe enden wird und wer dabei wie tief verletzt werden könnte. Liebe ist immer ein Risiko, eine Gefahr. Ein Feuer, an dem man sich verbrennen kann. Doch was ist das Leben ohne die Wärme und das Licht, ohne den magischen Flammentanz dieses Feuers?"

„Aber gebrannte Kinder haben Angst davor."

„Trotzdem sollten sie so eine Enttäuschung nicht in ihrem Inneren einlagern. Sie muß entsorgt werden, denn sie lähmt den Lebensmut, den Liebesmut."

„Ist es dir damals gut gelungen, deine Enttäuschung zu entsorgen?“
„Gut? Ich weiß nicht. Es war nicht leicht, und es hat über ein Jahr gedauert. Aber ich habe es irgendwie geschafft. Mir half das Wissen, daß meine Freundin mich nicht verletzen wollte. Ihr Kinderwunsch war einfach nur stärker als alles andere.“
„Mein Ex-Freund wollte mich auch nicht verletzen. Angeblich hatte seine heimliche Affäre nichts mit seiner Liebe für mich zu tun. Ich konnte ihm das nicht glauben. Hätte er mich wirklich geliebt, hätte er mich nicht drei Monate lang mit seinen Lügen gedemütigt. Ich habe mich von ihm getrennt. Es war schwierig, aber es mußte sein. Nach der Trennung versuchte er, mich zurückzugewinnen. Rief immer wieder an, schickte mir Mails, sogar einen langen handgeschriebenen Brief. Ob wir nicht wenigstens Freunde bleiben könnten, bat er mich. Ich habe nicht darauf reagiert, wollte ihn nicht mehr se-

hen. Und ich habe ihn nicht mehr gesehen."
„Hast du damals versucht, ihm zu verzeihen?"
„Ja, das habe ich. Hat aber nicht geklappt. Vieles kann man verzeihen. Manches geht einfach zu weit, verletzt zu tief. Man will nur noch Abstand bekommen, es hinter sich zurücklassen. Und diesen Menschen nicht mehr in seinem Leben haben. Auch nicht als Freund."
„Du wirkst nachdenklich, Anna."
„Vielleicht, weil ich mich gerade gefragt habe, ob Verzeihen in der Freundschaft leichter ist als in der Liebe."
„Wahrscheinlich ist es das", sagte Alexander. „Weil die Verletzlichkeit in der Liebe größer ist. Aber auch die Freundschaft lebt gefährlich. Freundschaft ist eine andere Form der Liebe, vielleicht eine etwas vernünftigere, aber für beide gilt: Wenn die Verletzung zu groß, die Enttäuschung zu schwer ist, um verzeihen zu können, endet alles."
Anna schüttelte mit trauriger Miene den Kopf.

„Ist das nicht traurig und absurd? Erst dieses Vertrauen, diese Zuneigung und Nähe! Und dann ist plötzlich alles vorbei. Als hätte es nie existiert."

Sie schwiegen, bis ein Signalton sie störte.
„Dein Handy will was von dir! Willst du nicht rangehen?" fragte Anna.
„Nein."
„In einem Film wärst du rangegangen! In Filmen gehen sie immer ran, wenn eins ihrer Handys ruft. Selbst wenn sie gerade in einer schönen Situation sind."
„Wenn ich mich von meinem Handy aus einer schönen Situation reißen lasse, gebe ich ihm zuviel Macht. Vielleicht gibt es ja auch einen Film, in dem jemand sich so verhält wie ich?"
„Hoffen wir das! Wie ist es eigentlich damals bei dir weitergegangen, nach der Trennung?"
„Ich hatte einige Beziehungen. Eine große Liebe habe ich nicht mehr erlebt."

„Die wirst du bestimmt wieder erleben!"
„Falls mir eine Frau begegnet, die mich zu großen Gefühlen inspiriert – und sich von mir dazu inspirieren läßt. Es reicht ja nicht, jemanden zu lieben. Dieser Jemand muß auch dich lieben. Und diese beiden Lieben müssen auch noch zueinander passen, denselben Weg miteinander gehen wollen. Wenn zwei sich begegnen, die all das mit sich bringen, ist das ein seltener Glücksfall."
„Und wenn das, was sich am Anfang wie ein Glücksfall anfühlt, sich mit der Zeit als Illusion entpuppt?"
„Dann verkraftet man seine Desillusionierung und schaut nach vorn."
„Das hört sich so leicht an."
„Es ist alles andere als leicht, nach einer Enttäuschung neu anzufangen. Man braucht Kraft dazu, und genau die fehlt einem oft in einer solchen Situation. Man muß sie aus seinen innersten Quellen schöpfen. Manchmal bekommt

man auch Hilfe. Mir fällt dazu gerade eine kleine Geschichte ein."
Anna sah ihn erwartungsvoll an.

Den Glauben bewahren

„Wofür lohnt es sich zu leben?“ fragte eine traurige junge Frau ihren Großvater.

„Warum stellst du mir diese Frage?“

„Weil ich sie mir selber stelle und keine Antwort finde. Der Mann, dem ich voll und ganz vertraut habe, hat mich verlassen. Wegen einer Frau, die meine beste Freundin war. So wurde mein Herz gleich zweimal gebrochen. Ich weiß zur Zeit nicht, welchen Sinn mein Leben noch hat.“

„Zur Zeit“, sagte ihr Großvater, „hat es den Sinn, dich zu lehren, mit einer zweifachen großen Enttäuschung umzugehen. Wir alle werden enttäuscht. Und manchmal leider von den Menschen, denen wir am meisten vertrauen.“

„Ich weiß nicht, ob ich noch einmal an einen Menschen glauben kann."

„Wenn du den Glauben an dich selbst bewahrst, verlierst du auch nicht den Glauben an die Menschen."

Die junge Frau ließ diese Worte auf sich wirken. Nach einer Weile hellte sich ihr Gesicht auf. Und sie sagte: „Ich danke dir, daß du mir neuen Lebensmut gegeben hast."

„Danke dir selbst", war die Antwort. „Dafür, daß du in meinen Worten neuen Lebensmut gefunden hast."

Es liegt also an einem selbst, ob man in einer schwierigen Lebenslage Hilfe annimmt oder nicht?“

Alexander nickte. „Ja. Aber es liegt auch an der Art der angebotenen Hilfe.“

„Du hast gesagt, eine Wunde, die eine alte Liebe im Herzen hinterlassen hat, wird durch nichts besser geheilt als durch eine neue Liebe. Du hast mir aber auch zugestimmt, daß sie eine neue Wunde schlagen kann. Und daß sie vergänglich ist. Also läuft es für gebrannte Kinder auf einen Kampf zwischen Angst und Mut hinaus?“

„Ja. Wobei ich auf der Seite des Mutes stehe", antwortete Alexander. „Und was die Vergänglichkeit der Liebe angeht: Gerade ihre Endlichkeit spricht dafür, sich ihr zu öffnen. Nie mit ihr fertig zu sein. Sicher, man kann ihre Vergänglichkeit als etwas Trauriges betrachten. Man kann sie aber auch als etwas sehen, das der Liebe einen höheren Wert verleiht. Es gibt ein kleines japanisches Gedicht, in dem das sehr schön anklingt: Wenn der Blütenschimmer der Kirschbäume auf den Hügeln länger währte als ein paar Tage, wir würden ihn so innig nicht lieben."

„Du bist ein Optimist, der es mit Japan hat."

„Das mit Japan liegt an Akiko. Was soviel bedeutet wie Herbstkind. In meiner Studentenzeit war sie zwei Semester lang meine Nachbarin. Akiko aus Kyoto. Der freundlichste Mensch, dem ich je begegnet bin. Sie konnte Wildfremde mit einem strahlenden Lächeln auf der Straße grüßen. Ich habe einiges von ihr über ihre Kultur und das Ikigai gelernt."

„Und dein Optimismus?“
„Mit dem bin ich wohl auf die Welt gekommen. Und wenn er, was der Optimismus manchmal tut, mich zum Narren gehalten hat und auf dem Bauch landen ließ, bin ich wieder aufgestanden und weitergegangen. Mit der Entschlossenheit, mir meinen Optimismus nicht nehmen zu lassen, denn er ist ein unentbehrlicher Freund der Lebensfreude. Und ohne Lebensfreude kann und will ich nicht leben. Dazu fällt mir übrigens gerade eine Geschichte ein.“
„Erzähl sie mir!“

C

Der Schneemann und die Krähe

Eine Krähe setzte sich auf die Schulter eines Schneemanns in einem Vorgarten und fragte ihn: „Wie bist du hierhin gekommen? Gestern warst du noch nicht da!"
„Die Kinder im Haus haben mich heute morgen gebaut. Sie hatten große Freude dabei. Und jetzt habe ich große Freude an meinem unverhofften Leben."
Die Krähe warf einen genaueren Blick auf den Kopf des Schneemanns. Die Kinder hatten ihm zwei Walnüsse als Augen eingesetzt, eine Karotte als Nase und eine Banane als ständig lä-

chelnden Mund. Seinen Kopf schmückte ein in die Jahre gekommener Strohhut, der ihn zwar nicht vor den Strahlen der Wintersonne schützen konnte, ihm aber sehr gut stand und das Bild seiner heiteren Erscheinung abrundete.

„Warum hast du große Freude an deinem Leben?“ fragte die Krähe.

„Aus vielen Gründen.“

„Nenne mir ein paar!“

„Schau nur, wie wunderschön die Sonne auf der Schneedecke glitzert!“ schwärmte der Schneemann. „Wie herrlich die Bäume aussehen, als wären alle ihre Äste und Zweige über Nacht mit Puderzucker bestäubt worden! Wie zauberhaft der Himmel leuchtet in seinem vollkommenen Blau!“

„Du weißt, daß deine Freude nur kurz sein wird?“ mahnte die Krähe. „Genauer gesagt: nur so lange, wie der Frost sich hält. Und der hält sich in dieser Gegend selten länger als wenige Tage.“

„Dann freue ich mich auf diese wenigen Tage, die aus vielen Stunden und noch viel mehr Minuten bestehen, von denen ich jede einzelne genießen werde!“

Die Krähe krächzte mißbilligend. „Du redest dir doch nur deine Lage schön! Ein so kurzes Leben ist nichts wert. Kaum hat es richtig angefangen, schon ist es wieder zu Ende.“

„Es kommt doch nicht auf die Länge des Lebens an, sondern auf die Freude daran“, widersprach der Schneemann. „Ein glücklich verlebter Tag ist mehr wert als ein glücklos verbrachtes Jahr.“

„Da mag ja etwas dran sein“, gestand ihm die Krähe zu. „Aber je mehr Freude du an deinem kurzen Leben hast, desto trauriger wirst du sein, wenn du schmilzt – und verschwindest, als hätte es dich nie gegeben.“

„Nein. Ich werde nicht traurig über das Unvermeidliche sein. Ich werde dankbar dafür sein, daß ich gelebt habe.“

„Dankbar für nur ein paar Tage?“ fragte die Krähe skeptisch.

„Ja. Dankbar für jeden Tag. Für jedes Lächeln, das ich den Passanten entlocke. Für jeden freudigen Blick der Kinder, die mich erschaffen haben. Und auch dankbar für die Begegnung mit dir.“

Die Krähe schüttelte verständnislos den Kopf. „Für die Begegnung mit mir? Du bist ein hoffnungsloser Fall!“ krächzte sie und flog davon.

„Ich bin nicht hoffnungslos! Ich hoffe, du besuchst mich noch einmal, bevor der Frost endet“, rief der Schneemann ihr hinterher. „Denn du bist herrlich anzusehen in deinem schwarzen Gefieder vor dem Hintergrund der weißen Zauberwelt.“

Nach einem längeren Blickkontakt sagte Anna: „Ich mag diese Geschichte sehr. Der Schneemann ist einfach phantastisch! Was meinst du: Sind die meisten Menschen eher Schneemänner oder Krähen?“
„Sie sind Mischungen aus beiden. Wobei die Anteile sehr unterschiedlich ausfallen können, je nach Veranlagungen und Lebenserfahrungen.“
„Deine Schneemannanteile scheinen mir ziemlich groß zu sein“, stellte Anna fest.
Alexander mochte den vergnügten Blick, mit dem sie ihn ansah. Er mochte ihre feine Ausstrahlung, die ihr gar nicht bewußt zu sein schien.

„Ja, das sind sie wohl“, stimmte er ihr zu. „Und so soll es auch bleiben. Was möglicherweise nicht leicht werden wird, denn mit den Jahren wachsen in der Regel die Krähenanteile. Die Zeit spielt den Krähen in die Hände und läßt die Schneemänner schmelzen. Sich dagegen zu stemmen, erfordert Kraft, die ich hoffentlich immer haben werde.“

„Ich drücke dir beide Daumen!“

„Das ist lieb von dir.“

„Du hast eben gesagt, du stehst auf der Seite des Mutes, wenn er gegen die Angst kämpft. War das schon immer so?“

„Ich war schon immer ziemlich mutig. Als ich gerade mal laufen konnte, bin ich bei Spaziergängen mit meiner Mutter zu ihrem Schrecken auf große Hunde zugegangen, um ihre Köpfe zu umarmen. Mir ist nie etwas dabei passiert. Als junger Mann habe ich mir die Fragen gestellt: Willst du fliegen, wenn sich die Chance ergibt, auf die Gefahr hin abzustürzen? Oder willst du lieber auf dem Boden bleiben? Ich habe mich für das Fliegen entschieden."

„Bist du schon mal abgestürzt?"

Alexanders Blick wurde ernster. „Einige Male bin ich in beängstigende emotionale Turbulenzen geraten und habe einige unfreiwillige Sturzflüge erlebt. Aber bislang konnte ich die Nase meines Fliegers immer wieder halbwegs elegant nach oben ziehen. Und ich bin optimistisch, daß mir das auch in Zukunft gelingen wird. Neulich habe ich übrigens ein Gespräch zwischen dem Optimismus und dem Pessimismus belauscht, das mich in meiner Zuversicht bestärkt hat."

„Kannst du dich noch daran erinnern, worum es dabei ging?"

„Das kann ich."

Der Optimismus und der Pessimismus

Der Optimismus und der Pessimismus begegneten sich unverhofft.
„Oh je“, sagte der Pessimismus, „ich habe befürchtet, daß ich dir eines Tages über den Weg laufe.“
„Ich habe es gehofft“, antwortete der Optimismus, „denn ich brenne schon lange darauf, dir eine Frage zu stellen.“
„Welche Frage?“
„Worin siehst du deinen Sinn?“
„In meinem Dienst am Menschen.“
„Inwiefern dienst du ihm?“

„Ich bewahre ihn vor vorschnellen Entscheidungen, gefährlichen Handlungen und vor zu großen Hoffnungen, die ihn nur ins Unglück stürzen würden. Ich warne ihn vor zuviel Gefühl und mangelndem Realitätsbezug. Ich halte ihn davon ab, sein Herzblut in Träume fließen zu lassen, die ein, zwei Nummern zu groß für ihn sind. Ich kläre ihn darüber auf, daß die Menschen in der Regel nicht erreichen und bekommen, was sie sich erträumen. Und ich äußere meine gravierenden Zweifel daran, daß der Mensch, dem ich gerade diene, eine der Ausnahmen sein könnte."

„Spontane Entscheidungen und gefährlich scheinende Handlungen können den Menschen aber auch ins Glück führen", hielt ihm der Optimismus entgegen. „Manchmal führen sogar nur schnelle Entschlüsse und mutige Handlungen zum Ziel der Sehnsucht, zur Erfüllung der Träume. Du hältst den Menschen auf der sicheren Seite, aber nur auf der unsicheren Seite findet er Liebe, Lebensfreude, Beschwingtheit. Nur auf der unsicheren Seite kann das Leben tanzen und fliegen."

„Das mag ja sein", gestand der Pessimismus zu, „aber ich lasse den Menschen lieber auf Nummer Sicher gehen. So ist er geschützt vor bösen Überraschungen."

„Die Nummer Sicher führt aber nicht zu den schönsten Erfahrungen und höchsten Gefühlen, zu den größten Schätzen des Lebens. Sie führt nicht ins Glück, sondern bestenfalls in die Zufriedenheit."

„Zufriedenheit ist eine Form von Glück."

„Nein", widersprach der Optimismus, „sie ist ein Ersatz für fehlendes Glück."

Anna wirkte gedankenvoll. „Glaubst du, daß der Optimismus recht hat?"
„Ja. Denn er weiß, was Glück ist. Beim Pessimismus bin ich mir da nicht so sicher. Der Optimismus hat Zugang zu der Dachterrasse des Lebenshauses, wo der Ausblick am weitesten ist und die Entfernung zum Himmel am kleinsten. Der Pessimismus traut sich dort nicht hin, er hat Höhenangst."
Alexanders Blick war warm und offen. Anna war fasziniert von seinen intensiv blauen Augen, die verträumt und wach zugleich wirkten, zugewandt und doch unaufdringlich. Es waren Augen, die schon viel gesehen hatten und vielleicht nie genug sehen würden: weil sie wiß-

begierig waren, ohne gierig zu sein. Augen, in denen sie Wärme und Gegenwärtigkeit fand. Tiefe Augen, in die sie sich fallen lassen könnte. Wenn sie sich traute.
Etwas entspannte sich mehr und mehr in ihr, und ein Gedanke tauchte wie ein fündig gewordener Perlentaucher in ihrem Bewußtsein auf: daß Alexander vielleicht ein Freund werden könnte. Ein Seelengefährte, den viele nie fanden, obwohl fast alle nach ihm suchten.
Sie sah aus dem Fenster. Ein Teil der Wolken am Horizont hatte sich aufgelöst oder war vom Wind weitergeweht worden. Es schien, als wollte der Himmel eine Chance auf den Anblick des Sonnenuntergangs in Aussicht stellen.
Anna war ängstlicher geworden seit ihrer Enttäuschung, aber sie wollte mit dieser Angst nicht älter werden. Leider ließ Angst sich nicht so einfach ablegen wie ein Mantel. Sie richtete sich in der Seele ein und wehrte sich mit Händen und Füßen gegen ihren Rauswurf.

Sie solle sich eine dickere Haut zulegen, hatte der Großvater ihr nach der Trennung von ihrem Freund geraten, es kämen noch mehr Enttäuschungen, und die würden umso härter ausfallen, je dünnhäutiger sie sei. Aber Anna wollte sich keine dicke Haut zulegen. Dicke Haut spürte nicht mehr viel, sie fühlte kein Erschauern bei einer zärtlichen Berührung. Sie verriegelte nicht nur die Tür zum Leid, sondern auch die zum Glück.

Ihr Blick kehrte zu Alexanders feingeschnittenem Gesicht zurück, das umso attraktiver wirkte, je länger sie es betrachtete. Es wurde umrahmt von leicht lockigen hellbraunen Haaren. Sie fragte sich, ob er sich seiner vertrauenerweckenden Ausstrahlung bewußt war. Seine hellblauen Jeans schienen aus einem weichen Stoff zu bestehen, ebenso wie das weiße Hemd, das er leger darüber trug. Wer mit einer solchen Kleidung an einer Beerdigung teilnehmen wollte, bewies Unabhängigkeit von Konventionen.

„Hat ein Mensch sein Leben lang dasselbe Ikigai?“ brach sie das Schweigen.
„Das ist wohl bei jedem unterschiedlich. Ikigais können oder müssen sich ändern, wenn das Leben sich ändert. Viele haben auch mehr als eins. Manche haben zwei oder drei, andere sogar vier oder fünf. Bestimmte Ikigais werden früh entdeckt, andere erst in reiferen Jahren.“
„Ist ein Hobby schon ein Ikigai?“
„Wenn du mit Herz und Seele in etwas aufgehst, ist es kein Hobby, sondern ein Ikigai. Wenn du etwas gern tust, ohne es leidenschaftlich zu lieben, ist es nur ein Hobby. Ein Hobby könntest du zur Not entbehren. Ein Ikigai liebst du, brauchst du. Und der Gedanke, es zu verlieren, ist furchtbar.“
„Wie viele Ikigais mag es geben?“ fragte Anna.
„Unzählige! Sie sind so unterschiedlich wie die Menschen, die sie finden. Es kann eine Sportart sein, eine Wissenschaft, die Literatur, das Photographieren. Es kann die Musik sein, das

Singen, das Tanzen. Das Tauchen oder Bergsteigen. Vielleicht Yoga, Meditation oder Tai Chi. Es kann ein Tier sein, um das du dich kümmerst. Ein Garten, den du gestaltest und pflegst. Ein Mensch, den du mit Herz und Seele liebst."

„Du hast gesagt, dein Ikigai ist es, in die Tiefe zu gehen, ins Wesentliche. Hast du noch andere Ikigais?"

„Ja, und sie sind alle mit meiner Sehnsucht nach Tiefe verbunden. Die beiden wichtigsten sind Freiheit und Liebe. Die kann ich gar nicht anders leben als mit Tiefgang. Denn oberflächliche Liebe ist keine Liebe, und oberflächliche Freiheit ist keine Freiheit. Die zweitwichtigsten sind Musik und Literatur. Die sorgen dafür, daß ich die Miete zahlen kann. Denn für meine Manuskriptgutachten und Lektoratsarbeit bekomme ich Honorare – wie für meine Songs."

„Freiheit und Liebe – sind das nicht Widersprüche?" fragte Anna.

„Es scheinen Widersprüche zu sein. Aber ich empfinde sie als Ergänzungen. Ich muß mich frei fühlen, um lieben zu können. Und wenn ich liebe, fühle ich mich frei."
„Aber gibt man nicht seine Freiheit in einer Liebesbeziehung auf? Zumindest einen Teil davon? Aus Rücksicht auf die Gefühle des anderen. Menschen sind eifersüchtig. Sie wünschen sich Sicherheit und Treue."
„Wenn ich mich frei fühle in meiner Liebe, ist sie so sicher und treu, wie Liebe nur sein kann", sagte Alexander.
„Und was brauchst du, um dich frei zu fühlen?"
„Nur das Vertrauen des Menschen, der mich liebt ... Apropos Freiheit: Dazu fällt mir gerade etwas ein."
„Vielleicht zufällig eine Geschichte?"
Alexander schmunzelte. „Genauer gesagt: ein Märchen. Über einen armen Mann und einen König."
„Ich mag Märchen", sagte Anna leise.

Der Weise und der König

Dieser arme Mann galt als der größte Weise im ganzen Königreich. Der König hatte ihn durch Boten schon mehrmals in sein Schloß eingeladen, aber er war nicht erschienen. Und so entschied sich der König, der Redensart zu folgen, nach welcher der Berg zum Propheten kommen müsse, wenn der Prophet nicht zum Berg komme.

Schon am nächsten Tag klopfte er an die Tür des Weisen.

„Oh, der König!“ sagte der Weise. „Mögt Ihr in meine bescheidene Hütte eintreten und einen Becher Brunnenwasser mit mir trinken? Etwas anderes kann ich Euch leider nicht anbieten.“

Der König setzte sich mit dem Weisen an einen mit Kerben und Kratzern übersäten Holztisch. „Warum hast du die Einladungen in mein Schloß nicht angenommen? Dort würden wir an einer edlen Tafel auf bequemen Stühlen sitzen und den besten Wein trinken!"
„Ich verlasse schon seit vielen Jahren mein Dorf nicht mehr."
„Reizt es dich denn nicht, die Pracht meines Schlosses zu sehen?"
„Mir genügt es, die Pracht der Erde und des Himmels zu sehen."
„Deine Hütte ist sehr bescheiden. Du könntest arbeiten, Geld sparen und dir ein richtiges Haus kaufen."
„Ich mag meine kleine Hütte. Weil sie so klein ist, wärmt der Ofen sie im Winter immer sehr gut, und ich verbrauche wenig Holz. Und im Sommer sitze ich auf der Terrasse und freue mich, daß der Tag mir gehört."
„Du lebst also gern in Armut?"

„Ich lebe gern in Seelenfrieden."
„Deine Kleidung sieht so aus, als würde sie bald auseinanderfallen."
„Alles fällt irgendwann auseinander, was einmal zusammengefügt wurde."
„Ich hörte, daß du von den Gaben lebst, die Menschen in diesem Dorf und in umliegenden Dörfern dir für deine Ratschläge überlassen. Warum suchen sie deinen Rat?"
„Aus den unterschiedlichsten Gründen."
„Nenne mir einige!"
„Wenn ihnen Schwierigkeiten so sehr zu schaffen machen, daß sie keinen Rat mehr wissen. Wenn ein harter Schicksalsschlag sie getroffen hat. Wenn sie mit ihrem Nachbarn einen Streit führen, der nicht enden will. Wenn sie das Gefühl haben, von ihrem Weg abgekommen zu sein, und Angst haben, ihn nicht mehr zu finden. Ich höre ihnen mit meiner Seele zu und lasse ihre Worte auf sie einwirken. Und dann kommen aus meiner Seele Worte, die ihnen helfen, die ihnen einen

Weg weisen. Dafür zeigen sie sich erkenntlich, jeder nach seinen Bedürfnissen und Möglichkeiten."

„Kannst du allen helfen, die zu dir kommen?"

„Manche Schicksalsschläge sind so hart, manche Irrwege so hoffnungslos, daß meine Seele keine Worte der Hilfe findet. Sie schweigt, und ich schweige auch. Es ist besser zu schweigen, als einem Menschen in großer Not seelenlose Worte zu sagen."

„Es heißt, daß dein Lebenswissen tief ist und deine Ratschläge Gold wert sind. Ich wünsche mir einen Ratgeber wie dich an meinem Hof. Meine drei engsten Berater sind zwar neunmalklug, aber weise sind sie nicht. Ich biete dir sechzig Goldmünzen pro Jahr für deine Dienste als Königlicher Berater an. Das ist so viel, wie ich meinen drei engsten Beratern zusammen zahle."

„Euer Angebot ehrt mich. Doch ich muß es ablehnen."

„Aber warum denn?"

„Weil ich mich damit in Eure Dienste stellen und meine Freiheit verlieren würde."
„Und wenn ich mein Angebot erhöhe?"
„Meine Freiheit ist unbezahlbar."
Der König war verärgert und gleichzeitig beeindruckt. Jeder Mensch hat seinen Preis, dachte er und sagte: „Mein letztes Wort: Ich biete dir hundert Goldmünzen pro Jahr!"
„Und wenn Ihr mir alles Gold in Euren Schatzkammern bietet, kann ich nur wiederholen: Meine Freiheit ist unbezahlbar!"
„Aber warum?"
Der Weise lächelte. „Weil sie der natürliche Zustand meiner Seele ist. Verkaufe ich meine Freiheit, verkaufe ich meine Seele."
„Sag mir nur noch eins: Warum ist deine Seele so wertvoll für dich?"
„Sie ist der Kern meines Wesens. Verkaufe ich diesen Kern, verkaufe ich mein Inneres und mache mich zu einem hohlen Menschen. Nur ein Narr würde das tun."

Schön hast du das erzählt! Du hast eine beruhigende Stimme, und dennoch erzählst du intensiv. Ich kann mir dich gut als Hörbuchsprecher vorstellen."

„Meinst du?"

Anna nickte überzeugt. „Für diesen weisen Mann sind seine Freiheit und seine Seele zwei Seiten derselben Münze, oder?"

„Ja. Seine Ikigais sind seine innere und äußere Freiheit, die im Grunde eins sind. Deshalb geht er keinem Gelderwerb nach, macht sich nichts aus Wohlstand, sondern wohnt bescheiden in seiner kleinen Hütte. Er lebt sein Ikigai und lebt von ihm. Freiheit ist die Nahrung seiner Seele. Seine Seele gewinnt Weisheit aus dieser Nahrung. Seine Weisheit wiederum ist Hilfe für andere Menschen, die mit den Zeichen ihrer Dankbarkeit dafür sorgen, daß er seine Freiheit bewahren kann. Ein schöner Kreislauf."

„Der aber nur in einem Märchen möglich ist", wandte Anna ein. „Im realen Leben müssen die allermeisten einen großen Teil ihrer Freiheit für ihren Beruf aufgeben. Denn Freiheit und Weisheit bezahlen nun mal nicht die Miete und die Lebenskosten."

„Es ist auch in diesem Märchen nur möglich, weil der Weise ein innerlich reicher Mensch ist, dem eine kleine Hütte als Zuhause genügt, um sein Leben genießen zu können", sagte Alexander. „Seine Selbstgenügsamkeit schenkt ihm inneren Frieden und schützt ihn vor den Verlockungen der Begierden."

„Was ist gegen Begierden einzuwenden?"
„Gar nichts, wenn sie einen nicht zu teuer zu stehen kommen. Sehr viel, wenn man ihnen seine Freiheit opfern muß. Und das kann leicht geschehen, denn je mehr Wünsche du der Begierde erfüllst, desto größer werden ihre Ansprüche. Bist du reich, treibt sie dich an, noch mehr Geld und Besitz anzuhäufen. Damit du dich immer reicher fühlen kannst. Doch in Wahrheit bist du unfrei: ein Diener deines nimmersatten Verlangens."
„Dann wirkt die Begierde wie eine Droge?"
„Ja. Dieser Mann in seiner kleinen Hütte hält sich fern von ihr, hütet sich vor ihrer Diktatur. Er hat das unersättliche Feuer der Begierde mit dem Wasser der Genügsamkeit gelöscht."
„Nicht gerade eine Botschaft, die Menschen gerne hören, die ungeduldig auf das neue Modell ihres Smartphones warten. Die gern shoppen und konsumieren. Die auf ein neues Auto oder eine Reise, auf eine Eigentumswohnung

oder ein Haus sparen und dafür viel Freiheit opfern."

„Es gibt keine Botschaft, die alle gern hören", sagte Alexander.

„Und du, hörst du sie gern?"

„Ja. Weil ich finde, daß die Freuden, die Geld und Besitz bringen, überschätzt werden. Wirkliches Glück ist nicht käuflich und läßt sich nicht besitzen. Ich glaube, es kommt am liebsten zu denen, die das wissen."

„Du hast gesagt, auch die Liebe ist dein Ikigai."

„Ja, das ist sie. Sie ist für mich genauso wichtig wie die Freiheit."

„Wie definierst du Freiheit für dich?"

„Als ein möglichst hohes Maß an Selbständigkeit in allen Lebensbereichen. Als persönliche Notwendigkeit. Denn ich bin nicht geeignet, als Rädchen in einem Getriebe zu rotieren. Deshalb muß ich die Unsicherheiten eines freiberuflichen Lebens in Kauf nehmen. Man kann nicht Freiheit und Sicherheit zugleich haben."

„Und wie definierst du Liebe?“
„Unterschiedlich – je nach Stimmung.“
„Und in der augenblicklichen Stimmung?“
„Zwei Menschen fühlen sich sehr zueinander hingezogen, lassen sich auf diese Anziehungskraft ein und gehen miteinander auf Entdeckungsreise. Ohne zu wissen, wohin und wie weit sie führt. Sie geben einer Anziehungskraft nach, die zugleich eine Einsicht des Herzens ist.“
„Welche Einsicht?“
„Daß ein besonderer Mensch zur richtigen Zeit am richtigen Ort erschienen ist: um ihnen die große Chance zu geben, sein Vertrauen zu gewinnen, seine Zuneigung. Mit viel Glück seine Freundschaft. Mit noch mehr Glück seine Liebe.“
„Liebe ist also eine Frage des Glücks?“
„Auch. Wenn du Pech hast, kannst du an einer wahren Liebe vorbeigehen. Wenn du Glück hast, erkennst du sie. Und hast du sie einmal

erkannt, ist sie so unwiderstehlich, daß du das Risiko eingehst, dich ihr zu öffnen."
„Und wenn ich mich nicht traue?"
„Eine wahre Liebe wird dir soviel Mut geben, daß du deine Angst überwindest. Dein Verstand wird dich eindringlich warnen, dich verwundbar zu machen. Du wirst innere Konflikte austragen müssen. Der Verstand ist herzlos und manchmal stärker als die Liebe. Aber manchmal auch nicht."
„Liebe und Verstand sind nun mal Gegensätze", stellte Anna fest.
„Das sind sie", stimmte Alexander ihr zu. „Der Verstand betrachtet die Liebe als unvernünftig und unberechenbar und mißtraut ihr. Die Liebe empfindet den Verstand als Widersacher, aber sie respektiert ihn. Doch wenn er sie zerstören will, verteidigt sie sich, und es kommt zum Kampf. Und wenn die Liebe echt und stark ist, gewinnt sie ihn."
„Wie kannst du dir da so sicher sein?"

„Ich bin es einfach. Es ist eine tiefe seelische Gewißheit." Er lächelte. „Ein Gespräch zwischen dem Verstand und der Liebe, dessen unbemerkter Zeuge ich war, hat mich darin bestätigt. Ein kleines Wortgefecht, das die Liebe souverän gewann."

Der Verstand und die Liebe

Der Verstand fragte die Liebe: „Was ist dein Sinn?“

„Ich erwecke das Beste in den Menschen und bringe es zur Entfaltung. Ich helfe ihnen, zu sich selbst zu finden.“

„Und warum fürchten sie sich oft vor dir, während sie zu mir viel Vertrauen haben?“

„Weil ich sie ins Unbekannte führe, denn ihr wahres Selbst ist ihnen unbekannt. Und daran bist du nicht ganz unschuldig.“

„Wieso?“

„Du redest ihnen ein, wie gefährlich ich sei und wie groß die Verletzungen und Enttäuschungen sein können, die ich ihnen bereite. Du lehrst sie, mich zu fürchten.“

„Und habe ich nicht recht damit?“ fragte der Verstand.

„Nein, du hast unrecht. Die Menschen verletzen sich nicht an mir, sie verletzen sich gegenseitig. Ich enttäusche sie nicht, sie enttäuschen sich gegenseitig.“

„Aber warum tun sie das?“

„Weil sie nicht füreinander bestimmt sind“, antwortete die Liebe. „Weil ihre Gefühle nicht groß und tief genug sind. Niemand muß Angst vor mir haben. Wer mir nicht vertraut, der mißtraut dem Fluß des Lebens. Denn ich bin seine Quelle.“

Durch den Lautsprecher drang die Information ins Abteil, daß der ICE in wenigen Minuten seine nächste Station erreichen werde.

„Oh“, sagte Anna überrascht und runzelte die Stirn. „Steigst du am nächsten Bahnhof aus?“

„Nein, erst am übernächsten. Und du?“

„Ich auch.“ Sie lächelte freudig. „Wohnen wir etwa in derselben Stadt?“

Er konnte nicht umhin, ihr Lächeln zu erwidern. „Sieht ganz so aus.“

Sie merkte, wie der Zug langsamer wurde. „Es wäre schön, wenn wir allein in diesem Abteil bleiben können“, sagte sie. „Aber vielleicht wird sich nach dem nächsten Halt jemand zu uns setzen. Eins ist schon mal gut: Die Plätze sind nicht reserviert.“

„Da hätte ich eine Idee“, sagte Alexander mit einem schalkhaften Lächeln. „Sie ist moralisch vielleicht nicht ganz einwandfrei, wird aber niemandem schaden. Hast du einen Pulli in deinem Rucksack?“
„Hab ich.“
„Wenn auf den freien Sitzen Jacken und Pullis liegen, werden die Leute wahrscheinlich an unserem Abteil vorbeigehen.“
Sie nickte und legte ihre Jacke und einen Pullover aus ihrem Rucksack auf die beiden freien Plätze ihrer Reihe, während er in gleicher Weise die Sitze seiner Reihe dekorierte.
„Sieht authentisch aus“, stellte Anna fest.
Alexander stimmte ihr zu.
Sie sah aus dem Fenster. „Schau! Da ist der Typ, der mich so angeglotzt hat!“ Sie zeigte auf einen Mann auf dem Bahnsteig. „Der mit der karierten Kapuzenjacke.“
Alexander folgte ihrem Blick. „Gut, daß du vor ihm geflohen bist. Sonst wärst du jetzt nicht hier.“

Ihre Freude über seine Worte war nicht zu übersehen.
Ein älterer Mann mit einem Rollkoffer hielt vor ihrem Abteil an, schob die Tür halb auf und gleich wieder zu.
Anna schmunzelte. „Es scheint zu funktionieren.“
Wie um ihre Worte zu bestätigen, kamen zwei junge Männer in dunklen Anzügen den Gang entlang. Der vordere blieb stehen, warf einen kurzen Blick ins Abteil und ging weiter. Der hintere folgte ihm, ohne von seinem Smartphone aufzusehen.
Der Zug setzte sich wieder in Bewegung.
Als sie schon glaubten, daß kein weiterer Fahrgast einen Platz in ihrem Abteil beanspruchen würde, blieb eine Frau in einem schwarzen Hosenanzug vor der Tür stehen. Sie warf einen skeptischen Blick auf die Plätze und die Gepäckablagen und schob die Tür nach kurzem Zögern auf. „Ist hier noch was frei?“

„Leider nicht“, antwortete Alexander. „Aber der Zug ist nicht besonders voll, es gibt überall noch Sitzplätze.“
Die Frau verzog den Mund.
„Wir müssen diese Plätze freihalten“, kam Anna ihm zu Hilfe.
Die Frau schüttelte mürrisch den Kopf und schob die Tür heftiger als nötig zu.
Anna sah Alexander erleichtert an. „Das war knapp! Ob sie uns durchschaut hat?“
„Vielleicht. Hauptsache, sie ist weitergegangen. Mit ihr im Abteil wäre unser Gespräch stagniert – um es nett zu sagen.“
„Wir hätten uns ein neues Abteil gesucht!“
„Aber vielleicht kein leeres gefunden. Wir haben Glück gehabt.“
„Dein Rucksack spielt Mozart.“
Anna zog die Augenbrauen hoch. „Ich dachte, ich hätte das Handy abgeschaltet! Ich geh nicht ran!“ Die Rufmelodie brach ab. „Ich mach es aus.“ Sie stand auf und suchte ihr Mobiltele-

phon in ihrem sandfarbenen Rucksack auf der Gepäckablage. Kaum daß sie es in der Hand hatte, begann es wieder zu vibrieren und Mozart zu spielen.

Anna schaute auf das Display. „Es ist Frau Nagelsmann."

„Die Galeristin? Ich habe das Gefühl, du solltest rangehen."

Nach kurzem Zögern nahm Anna den Anruf an. „Hallo? – Nein, ich bin noch im Zug. – Was?" Anna schluckte und räusperte sich. „Wer? – Wirklich? – Hat er das? – Ja, das will ich versuchen. – Danke! – Das wünsche ich Ihnen auch! – Tschüs!"

Sie schaltete das Handy aus und steckte es mit langsamen Bewegungen in den Rucksack zurück. Mit einer Mischung aus Verblüffung und Ungläubigkeit in den Augen drehte sie sich um und sah Alexander an.

„Was willst du versuchen, Anna?"

„Wie meinst du das?"

„Du hast der Galeristin eben gesagt, daß du es versuchen willst."
„Ach so! Versuchen, vor Freude an die Decke zu springen! Stell dir vor: Sie hat meine Kuhbilder verkauft! Alle sechzehn! Sie hat sie verkauft, und sie sind auch schon bezahlt."
„Das ist ja der helle Wahnsinn, Anna! Ich freu mich so für dich! Warum bist du so ernst?"
„Wirke ich so? Ich hab das wohl noch nicht richtig realisiert. Momentan ist es nur in meinem Kopf. Es muß noch ins Herz sinken."
„Das verstehe ich. Sehr gute und sehr schlechte Nachrichten brauchen oft eine Weile, bis sie richtig ankommen."
„Ein Mann hat meine Bilder gekauft. Ich kann mich an ihn erinnern, er war auf der Vernissage. Er hat sich ein neues Haus zugelegt und will sie dort an alle Wände hängen. Er hat der Galeristin gesagt, mein humorvoller Umgang mit der Realität täte ihm gut. Sie soll mir herzliche Grüße von ihm ausrichten und seinen Dank

dafür, daß ich sein neues Zuhause mit ästhetischer Heiterkeit schmücke. Und daß ich eine echte Künstlerin sei."
Alexander strahlte sie an.
„Er hat nicht mal versucht, Rabatt zu bekommen. Frau Nagelsmann hatte die Preise der Bilder ziemlich hoch angesetzt. Ich war mir so gut wie sicher, daß sie kein einziges verkauft." Anna faßte sich mit beiden Händen an den Kopf.
„Diesem Mann waren deine Bilder jeden Euro wert. Das sollten wir feiern! Vielleicht mit einem Glas Champagner?"
„Ja! Gern!"
„Ich könnte schnell zum Speisewagen gehen, uns eine Flasche holen!"
„Ach, nein – bleib lieber hier! Ich kann es nicht fassen! Alle Bilder verkauft!" Sie hob die Arme vor Begeisterung, drehte sich tänzerisch einmal um sich selbst und setzte sich wieder.
„Du hast mit deiner Kunst Schönheit und Heiterkeit in das Leben eines Menschen gebracht,

der vielleicht beides dringend brauchte. Ich glaube, daß viele Menschen Kunst lieben und Schönheit und Heiterkeit brauchen. Du kannst ihnen beides mit deinen Ölbildern geben. Meine Intuition sagt mir, daß du nicht nur dein Ikigai leben, sondern auch von ihm leben kannst."

„Obwohl du noch keins meiner Bilder gesehen hast?"

Alexander nickte.

„Ist das nicht ziemlich optimistisch? Selbst für einen geborenen Optimisten?"

„Ich deute nur die Zeichen. Erstens kommt dir dein derzeitiger Job schon jahrelang wie ein Provisorium vor. Zweitens fühlen sich alle finanziell sicheren Berufswege für dich nicht richtig an. Also ist es drittens offenbar deine Mission, einen finanziell unsicheren Weg zu gehen. Denn du würdest viertens deinen Traum damit erfüllen. Und fünftens: Du strahlst, wenn du von deiner Malerei sprichst."

„Und wenn Existenzängste mich abhalten?"

„Die kannst du überwinden! Du hast eben von der Galeristin eine sehr große Überwindungshilfe bekommen. Alle Bilder deiner ersten Ausstellung verkauft! Am Tag nach der Vernissage! Einen besseren Start kann man als Malerin nicht haben. Sieht das nicht ein bißchen so aus wie ein Wink des Schicksals!"

„Ja, irgendwie schon. Und wenn es trotzdem nicht klappt?"

„Dann kannst du immer noch einen Job finden. Du bist jung, du hast einen Mastergrad! Aber wenn du dich von deinen Ängsten lähmen läßt, könntest du dir irgendwann vorwerfen, daß du sie nicht überwunden hast."

Anna wirkte nachdenklich. „Ja, das könnte passieren, und es wäre gar nicht gut. Ich werde in der nächsten Zeit aufmerksam in mich hineinlauschen. Vielleicht höre ich eine leise innere Stimme, die mir bei der Entscheidung hilft. Es tut mir jedenfalls echt gut, daß du an meinen Traum glaubst. So wie du hat mich noch niemand ermutigt, ihn zu verwirklichen … Das Bild mit der Kuh auf dem Wimbledon-Rasen kann ich dir nun leider nicht mehr verkaufen."

„Ich kaufe ein anderes Bild von dir."

Der Zug verließ die äußeren Stadtbezirke und gewann an Fahrt.

Anna atmete tief durch. „Wir haben noch eine halbe Stunde. Ist das viel Zeit oder wenig?"

„Es ist gute Zeit, wenn wir sie vergessen. Wenn wir in die Gegenwart zurückkehren."

„Haben wir die denn verlassen?"

„Ein bißchen schon: durch unsere Befürchtung, jemand könnte sich in unser Abteil setzen. Unsere Gedanken sind in eine unwillkommene Zukunft gegangen, um sie zu verhindern."

„So gesehen – ja. Also kehren wir in die Gegenwart zurück!"

„Ich weiß eine Geschichte, die uns dabei helfen könnte. Eigentlich ist es nur eine Inspiration."

Anna lehnte sich zurück. „Ich lasse mich gern inspirieren."

Das Herz des Augenblicks

Ein Suchender fragte eine weise Frau: „Wo finde ich das wahre Leben?"
„In den Tiefen des Augenblicks", war ihre Antwort. „Jeder Augenblick, selbst der düsterste, hat eine Geheimtür, die ans Licht führt. Du findest sie nur, wenn du an sie glaubst. Du öffnest sie nur, wenn du an dich glaubst. Du gehst nur durch sie hindurch, wenn du an das Leben glaubst. Umarme die Gegenwart! Geh ins Herz des Augenblicks! Und das Morgen wird zum Heute, das Irgendwo und Irgendwann zum Hier und Jetzt, das Wissen zur Weisheit."

Anna entschied sich, die Anregung der weisen Frau anzunehmen und ins Herz des Augenblicks zu gehen. Ihr lag eine wichtige Frage auf der Zunge. Sie wollte sie nicht mit einer der üblichen Vorwarnungsfloskeln einleiten. Wie: Entschuldige, wenn ich dir zu nahe trete. Oder: Das ist vielleicht zu persönlich, du mußt nicht darauf antworten. Sie wollte ihre Frage direkt stellen. Und so sprangen drei Worte aus dem Stand von ihrem Mund ins Freie: „Wer bist du?"
Alexander sah sie überrascht an, wobei sein Blick freudig aufleuchtete. Er begann zu lachen, um unvermittelt wieder ernst zu werden.
„Was ist los?"
„Ach, das sind nur Reaktionen auf eine späte Wunscherfüllung. Ich mußte dreiunddreißig

werden, um zu erleben, daß jemand mich fragt, wer ich bin!"

„Ich bin die erste, die dich das fragt?"

„Ja. Und nein. In den letzten Jahren hatte ich öfter denselben Traum, in dem mir eine Frau genau diese Frage stellt. *Wer bist du?* Im Flüsterton. Sie steht einen Schritt vor mir, hinter einem farbenfrohen Seidenvorhang, der sich leicht im Wind bewegt. Ich kann ihr Gesicht nicht sehen. Aber ich rieche sie: ein zarter, blumiger Duft. Und jetzt stellst du mir diese Frage!"

„Und gibst du mir eine Antwort?"

„Das wäre wohl eine Antwortliste."

„Und was steht da ganz oben?"

„Vielleicht, daß ich ein wandelnder Widerspruch bin. Ein gefühlsbetonter Realist, der die Natur liebt, aber in einer Großstadt lebt. Der kommunikationsfreudig, aber im Grunde seines Herzens schüchtern ist. Der offenbar die Mission hat, Widersprüche miteinander zu versöhnen. Vielleicht, weil sie einander brauchen? Weil sie zwei Seiten derselben Münze sind? Wie Ebbe und Flut, wie Tag und Nacht, wie Mann und Frau."

„Hast du schon viele Frauen geliebt?"

„Nein. Verliebt war ich öfter, geliebt habe ich selten."

Alexanders Handy meldete sich. Er zog es aus der an einem Kleiderhaken hängenden Jackentasche, schaltete es aus und steckte es wieder zurück. „Wer etwas Wertvolles erlebt, sollte sich nicht stören lassen. So sehe ich es jedenfalls."

„Findest du, daß wir etwas Wertvolles erleben?"

„Ja. Du nicht?"

„Ich empfinde es auch so."

„Es hängt viel davon ab, wie wir die Dinge empfinden. So wie wir sie sehen, erleben wir sie. Dazu fällt mir eine kleine Geschichte ein."

Anna lächelte einladend.

Zwei Antworten auf dieselbe Frage

Am Ufer eines Teiches saß ein Frosch. Ein Vogel landete neben ihm. Der Frosch fragte ihn: „Was ist das für ein Gefühl, wenn man fliegen kann?"
„Ach, nichts Besonderes. Ich stoße mich vom Boden ab, bewege meine Flügel, komme gut voran und erreiche meine Ziele viel schneller als zu Fuß", antwortete der Vogel und flog davon.
Kurze Zeit darauf landete ein anderer Vogel neben dem Frosch. Auch diesen fragte er: „Was ist das für ein Gefühl, wenn man fliegen kann?"
„Oh, das ist einfach wunderbar! Ein berauschendes Gefühl der Freiheit! Eine unsterbliche Liebe zum Wind. Pures Glück! Es gibt nichts Schöneres! Fliegen ist für mich der Sinn meines Lebens", schwärmte der Vogel und flog davon.

Eine kleine und feine Geschichte!“ sagte Anna. „Ich bin definitiv auf der Seite des zweiten Vogels.“

„Ich auch. Das Fliegen bedeutet ihm alles, es macht ihn glücklich. Er genießt es immer aufs neue. Es ist sein Ikigai. Für den ersten Vogel ist es nur etwas Alltägliches.“

„Die Bedeutung einer Sache liegt im Empfinden des Betrachters. Ist das die Botschaft?“

„Ja. Wenn wir etwas Wundervolles als selbstverständlich betrachten, nehmen wir ihm seinen Zauber. Es braucht ein Empfinden, das es als solches erkennt und behandelt, um seine

Schönheit entfalten und bewahren zu können. Es braucht ein Herz, das sich ihm öffnet. Eine Seele, die sich von ihm beflügeln läßt."

„Du hast mir einige beflügelnde Geschichten erzählt. Ich möchte mich dafür mit einer Geschichte revanchieren", sagte Anna. „Die habe ich kurz nach der Trennung von meinem Freund in einer Geschichtensammlung gelesen. Sie hat mich berührt und sich mir eingeprägt. Magst du sie hören?"

Alexander sah ihr überrascht und zugleich ermutigend in die Augen. „Und ob ich sie hören möchte!"

Der Clown

Ein Clown war sehr traurig, weil die Frau, die er liebte, ihn verlassen hatte. Wegen eines Mannes, der ihr offensichtlich mehr bieten konnte als er.

In gewisser Weise verstand der Clown ihren Entschluß, denn er war kein großer, sondern nur ein mittelmäßiger Clown mit mittelmäßigen Gagen, die ihm den Luxus nicht erlaubten, mit dem er seine Angebetete so gern verwöhnt hätte. Er verstand sie auch deshalb, weil es schwierig sein mußte, auf die Dauer einen Mann zu lieben, der sein Geld damit verdiente, andere Menschen zum Lachen zu bringen. Und

zwar auf seine Kosten. Denn so war es doch: Die Menschen lachten nicht mit einem Clown, sie lachten über ihn.
Um nicht in seiner bodenlosen Traurigkeit über den Verlust seiner Liebsten zu versinken, arbeitete er täglich bis zur Erschöpfung an sich, um noch witziger zu sein, noch mehr Menschen aus der Reserve zu locken und den größten Griesgram im Publikum zumindest zu einem Schmunzeln zu bringen. Mit der Kraft seiner Traurigkeit erfand er sich und seine Auftritte neu. Er gestaltete sein Programm völlig um und hob es auf eine höhere Ebene. Er machte sich nicht mehr zum Affen seines Publikums, sondern zog es so geschickt auf seine Seite, daß es nicht mehr über ihn, sondern mit ihm über die unfreiwillige Komik des Lebens lachte.
Bald schon stellte sich ein unverhoffter Erfolg ein. Die völlig neue, originelle Art seiner Auftritte, mit denen er das Publikum geschickt und kunstvoll zu seinem Komplizen machte, be-

geisterte die Menschen, sprach sich herum und bescherte seinen Vorstellungen immer höhere Besucherzahlen und immer größere Säle. Die Menschen lachten sich in seinen Vorstellungen von ihren Sorgen frei und die Presse lobte ihn über den grünen Klee. Drei Jahre später galt er als der beste und bestbezahlte Clown weit und breit.

Schon immer hatte er insgeheim davon geträumt, der größte Clown des Landes zu werden, aber nie für möglich gehalten, es eines Tages wirklich zu sein. Es tat ihm gut, daß er seinen heimlichen Traum verwirklicht hatte: mit der in Kreativität verwandelten Energie des Kummers darüber, daß die Frau, die er liebte, ihn verlassen hatte.

Als diese Frau davon erfuhr, wie berühmt und reich er geworden war, und selbst von ihrem Liebsten den Laufpaß bekommen hatte, klingelte sie reumütig an seiner Tür. „Ich habe einen großen Fehler gemacht, als ich dich verließ.

Darf ich zu dir zurückkommen? Laß uns noch einmal von vorne anfangen! Ich werde dich nie wieder verlassen."

Der Clown erwiderte: „Um über das Leid hinwegzukommen, in das deine Trennung von mir mich gestoßen hatte, habe ich beruflich so hart an mir und meinem Programm gearbeitet, daß ich nun selbst dem Ernst des Lebens ein Lachen entlocken kann. All meine Liebe zu dir habe ich in meine Vorstellungen gesteckt, und nun ist sie dort und nur noch dort. Wenn dir also wieder etwas an meiner Liebe liegt, besuche meine Auftritte und suche sie dort. Bei mir wirst du sie nicht mehr finden."

Er drückte seiner einstigen Liebsten eine Freikarte für seinen nächsten Auftritt in die Hand und wünschte ihr das Beste für ihr weiteres Leben.

Nach einer Weile der Stille sagte Alexander: „Ich kann gut verstehen, daß diese Geschichte dich berührt hat. Mich berührt sie auch.“
Annas Freude über seine Reaktion war offensichtlich. „Ich könnte dir noch eine zweite Geschichte erzählen“, bot sie ihm an. „Sie handelt auch von einer Trennung, hat aber eine ganz andere Atmosphäre. Was meinst du?“
„Ich meine, daß du sie mir unbedingt erzählen solltest.“

Die Sterne am Himmel

„Ich will mich von dir trennen“, eröffnete er ihr unvermittelt, als sie am Küchentisch saßen. Sie wußte sofort, daß er es ernst meinte.
Sie lebten schon zwei Jahre lang in einer kleinen Wohnung zusammen, die sie sich gemütlich eingerichtet hatten. Sie spürte ihr Herz im Hals klopfen und atmete mehrmals tief durch, um sich zu beruhigen. Sie unterdrückte den Impuls, aufzustehen und wegzulaufen, wegzurennen von diesem Tisch, aus dieser Küche, vor diesen eiskalten Worten, die er ihr gesagt hatte, ohne ihr dabei ins Gesicht zu sehen.

„Warum?“ fragte sie stattdessen.
„Es passiert nichts mehr zwischen uns. Es fühlt sich an wie ein ausgebranntes Feuerwerk. Da ist nur noch schwarzer Himmel.“
„So ist das nun mal mit der Verliebtheit. Sie ist ein Feuerwerk, das früher oder später endet. Dann trennt man sich oder bleibt zusammen, weil etwas Wichtigeres nicht erloschen ist: die Liebe. Aber die scheint bei dir auch erloschen zu sein, oder?“
„Ich empfinde noch etwas für dich, aber ich weiß nicht, ob es Liebe ist oder liebe Gewohnheit.“
„Und wann wirst du das wissen?“
Er zuckte mit den Schultern. „Vielleicht weiß ich es doch schon. Wenn man nicht mehr weiß, ob man jemanden noch liebt oder nur noch aus Gewohnheit mit ihm zusammen wohnt, deutet das wohl darauf hin, daß man ihn nicht mehr liebt. Liebe ist ein deutliches Gefühl.“
„Vielleicht hast du mich nie geliebt, sondern nur die Liebe zwischen uns. Und sie erfüllt dich nicht

mehr, weil sie den Reiz des Neuen verloren hat."
„Und wenn es so ist?" fragte er.
„Dann wirst du eine neue Liebe, ein neues Feuerwerk suchen und finden. Und nach ein, zwei Jahren wirst du mit deiner neuen Freundin am Küchentisch sitzen und ihr sagen, daß du dich von ihr trennen willst, weil nur noch dunkler Himmel zu sehen ist. Danach wirst du dir wieder und wieder ein neues Feuerwerk suchen, bis du so alt und reizlos geworden bist, daß sich niemand mehr in dich verliebt."
„Das sind ja schöne Aussichten!"
„Das Ende deines Lebens wirst du vermutlich allein verbringen. Das ist wohl der Preis, den man zahlen muß, wenn man die Verliebtheit liebt und nicht die Liebe. Aber zählst du wirklich zu dieser Art von Menschen?"
„Ich werde es herausfinden."
„Ich wünsche dir viel Glück dabei", sagte sie.
„Glück wünsche ich dir auch. Und danke, daß du es mir so leicht machst."

„Reisende soll man nicht aufhalten“, stellte sie fest.
„Und was wirst du in Zukunft machen?“
„Ich werde suchen. Und hoffentlich finde ich einen Mann, der bei mir bleibt, wenn das Feuerwerk der Verliebtheit abgebrannt ist und nur noch schwarzer Himmel zu sehen ist. Weil er die Sterne an diesem Himmel sieht.“

Alexander beendete das längere Schweigen. „Eine traurige, aber auch schöne Geschichte. Du hast sie sehr gut erzählt. Vom wem stammt sie eigentlich?“

„Das weiß ich nicht mehr. Sie stand in derselben Sammlung kleiner Geschichten wie die über den Clown, und jede stammte von einem anderen Autor. Irgendwie haben beide Texte etwas Trauriges, weil sie vom Ende einer Beziehung handeln. Wahrscheinlich haben sie sich mir eingeprägt, weil ich gerade eine Trennung hinter mir hatte, als ich sie las. Vielleicht haben sie mir ein bißchen geholfen, diese Trennung zu bewältigen.“

„Geschichten können sehr hilfreich sein", sagte Alexander. „Danke, daß du sie mir erzählt hast. Du hast dich mit ihnen sehr schön revanchiert."

„Das freut mich! Hast du vielleicht noch eine Geschichte für mich? Vielleicht eine, die nicht so traurig ist? Die nicht vom Scheitern, sondern vom Gelingen einer Liebe handelt?"

Alexander dachte kurz nach. Dann erschien ein Lächeln auf seinem Gesicht. „Ja, ich wüßte da noch eine. Sie handelt von einem alt gewordenen Liebespaar, das sich fragt, wo die Zeit geblieben ist."

„Oh, bitte erzähl sie mir! Ich bin gespannt darauf!"

Ihr Lächeln

„Ich habe das Gefühl, daß die Jahre umso schneller vergehen, je älter wir werden", sagte sie zu ihm.

„Ja, das subjektive Zeitgefühl beschleunigt sich mit der Zeit", gab er ihr recht. „Es ist nicht fair, daß die Jahre, die noch vor uns liegen, für unser Empfinden kürzer sein werden als die hinter uns liegenden."

„Dann machen wir sie so lang, wie wir eben können! Nehmen wir uns vor, jeden Tag als etwas Besonderes zu empfinden und zu genießen. Als etwas Neues, nicht als etwas sich Wiederholendes. Ich glaube, je mehr man die Zeit genießt, desto langsamer vergeht sie. Weißt du noch, als wir jung waren?" Sie lächelte ihn an. „Wie langsam wir oft die Zeit gemacht haben? Und wie wir sie manchmal angehalten haben? Wie intensiv wir uns erlebt, wie tief wir uns gefühlt haben?"

„Oh ja! Das ist unvergeßlich. Ich denke oft daran zurück. Auch wenn es mir wehtut, weil es mir vor Augen führt, welche Schätze uns die Zeit gestohlen hat, diese gierige Kleptomanin!"

„Ich denke auch oft daran zurück", sagte sie mit einem träumerischen Blick. „An all das Schöne, was die Zeit uns geschenkt hat. An all den Zauber, die Liebe, das Glück. Ich kann ihr nicht böse sein, daß sie nicht nur gibt, sondern auch nimmt. Ich bin ihr für immer dankbar, denn sie hat uns soviel geschenkt, daß es gereicht hätte für zwei Leben. In unserer Verliebtheit waren

wir wie zwei Bäume in voller Blüte."

Er nickte mit einem melancholischen Lächeln. „Ja. Aber die Bäume blühen schon lange nicht mehr."

„Mag sein", räumte sie ein. „Aber kein Sturm konnte sie brechen! Kein Blitz konnte sie treffen! Sie standen von Anfang an unter einem guten Stern. Und manchmal blühen sie doch noch. Innerlich. Wenn du genau hinsiehst, kannst du es erkennen."

Er wollte etwas sagen, doch ihr Lächeln ließ ihn schweigen. Dieses Lächeln, das ihn so oft sprachlos gemacht hatte mit seiner Anmut, seiner Selbstvergessenheit.

Und er war froh, daß die diebische Zeit ihr dieses Lächeln nicht gestohlen hatte. Er war glücklich darüber. Ohne daß er es wirklich merkte, begann auch er zu lächeln: zum zigtausendsten Mal angesteckt von ihrem Lächeln, das seinen Zauber nicht verloren hatte in all den Jahren

und Jahrzehnten. Er mußte sie einfach in die Arme nehmen und spürte Tränen auf seinem Gesicht.
Plötzlich war nur Dankbarkeit und tiefe Liebe in seinem Herzen: ein völlig unverhofftes, großes Gefühl. Und die Zeit stand still wie eine Statue.

Anna brach das Schweigen, das der Geschichte folgte. „Schön … Die beiden haben bekommen, was sie sich wünschten! Und ihr Wunsch war gut gewählt … Wenn du einen Wunsch frei hättest, was würdest du dir wünschen?“

Alexander dachte kurz nach, bevor er antwortete: „Wunschlosigkeit.“

Anna wirkte überrascht. „Warum?“

„Weil ich damit zugleich wahres Glück bekäme. Nur wahres Glück macht wunschlos, denn es ist das Ziel aller Wünsche.“

„Und was ist wahres Glück für dich?“

„Zum Beispiel einem Menschen so zu vertrauen, daß ich ihm alles sagen kann, was ich denke und fühle. Diesem Menschen so viel zu bedeuten, wie er mir bedeutet."
„Dich diesem Menschen so nah fühlen, daß du auch verstehst, was er dir sagt, wenn er schweigt?"
Er lächelte. „Ja. Ein schöner Gedanke!"
„Ein schönes Lächeln", sagte sie spontan und erwiderte seines, spiegelte es mit ihrem: Es war so schön, daß er seine Wirkung auf ihrem Gesicht sehen sollte. Mit unserem Lächeln sagen wir uns Unsagbares, dachte sie. Mit diesem Lächeln schaffen wir einen Raum, dessen Atmosphäre uns schützt: vor allem, was nicht lächeln kann.
Annas Frage an sich selbst, was gerade in ihr geschah, führte zu keiner Antwort. Doch es war nicht wichtig, mit Gedanken nach einer Erklärung zu greifen. Es kam nur darauf an, es zu erleben, es zu genießen. Dieses sanfte, warme

Gefühl, das sie den Alltag vergessen ließ und sie wunschlos machte.
Sie schaute aus dem Fenster nach draußen, wo der Sonnenuntergang begonnen hatte, ein prächtiges Bild am Horizont zu malen.

„Wer bist du, Anna?"
Sie zögerte kurz. Was sie von sich preisgeben würde, war nicht wieder zurückzunehmen. Sie sollte ihre Worte gut abwägen. Doch genau das wollte sie nicht.
„Ich glaube, ich bin eine Suchende. Ich spüre, daß mein Leben einen bestimmten Sinn hat, den ich finden und leben möchte. Ich hoffe, ich finde ihn bald. Ich wohne allein, fühle mich aber nicht einsam. Im Grunde meiner Seele bin ich eher scheu. Gelegentlich treffe ich mich mit Menschen, mit denen ich mich gern unterhalte. Jemand, dem ich voll und ganz vertraue, zu dem ich bedingungslos stehe, ist leider nicht darunter. Die einzige wirkliche Freundin, die

ich hatte, ist vor drei Jahren nach Australien ausgewandert.“

Während sie sprach, sahen sie sich unentwegt in die Augen. Sie spürte, er nahm alles in sich auf: ihre Gefühle, ihre Worte, auch die unausgesprochenen. Dadurch machte er es ihr erst möglich, so frei zu sprechen. Seine ungeteilte Aufmerksamkeit führte sie zu den Worten, die sie nur ihm und nur jetzt sagen konnte. Ohne Angst, falsch oder nicht verstanden zu werden. Ohne Angst, etwas zu sagen, was sie einmal bereuen könnte.

„Es gibt einen Raum in mir, in den ich nur einen Menschen lassen würde, dem ich voll und ganz vertraue. Ich hätte gern jemanden in meinem Leben, mit dem ich diesen Raum teilen kann. Wenn dieser Raum meine Seele ist, wünscht sie sich einen Gefährten, mit dem sie durch dick und dünn gehen kann. Mit dem sie Erlebnisse haben kann, die sie mit Freude erfüllen, mit Glück und Dankbarkeit.“

Die Atmosphäre im Abteil war so intensiv und dicht geworden, daß Anna glaubte, sie mit Händen greifen zu können. Ihre Worte waren aus ihr geströmt wie etwas lange Angestautes, das seinen Weg ins Freie fand. Dieses Freie war der Mann, der ihr gegenüber saß und sie mit seinen blauen Augen anschaute.
„Ich habe noch nie die Nähe eines Menschen als einen Zugewinn an Denkfreiheit empfunden", gestand sie. „Am besten kann ich denken, wenn ich allein bin. Mit dir ist es anders. Da sind meine Worte so klar, als würde ich zu mir selbst sprechen. Fast noch klarer!"
Alexander sah sie mit einer solchen Offenheit und Wachheit an, als wäre er bereit, ihr den ganzen restlichen Tag und die ganze nächste Nacht lang zuzuhören. Ohne sich eine Sekunde zu langweilen. Ohne ein einziges ihrer Worte zu mißverstehen. Er saß entspannt auf seinem Sitz und schaute sie selbstvergessen an.
Anna kam es so vor, als schaute er in sie hinein.

Noch nie hatte sie soviel von sich einem Menschen preisgegeben, den sie gerade erst kennengelernt hatte. Aber sie bereute kein Wort, das sie gesagt hatte. Kein Lächeln, das sie verschenkt, keinen Blick, den sie gewagt hatte. Es war alles gut, was in diesem Abteil geschehen war. Und was geschah.

Alexander saß so ruhig und präsent ihr gegenüber, daß sie unwillkürlich denken mußte: In der Ruhe liegt die Kraft. Trotzdem: Wie konnte er so bewegungslos dort sitzen und gleichzeitig so lebendig sein, daß sie seine Nähe bis in ihre Fingerspitzen fühlte?

Die faszinierende Intensität des Blickkontaktes ließ sie in ein Gefühl der Zeitlosigkeit treiben. Etwas tief in ihrem Inneren verschob sich sanft. Alexanders Augen strahlten einen warmen Glanz aus, der ihr Herz immer weiter öffnete, ohne den geringsten Widerstand. In ihr wuchs die Gewißheit, daß sie diesem Mann vertrauen konnte.

Anna hätte nicht sagen können, wie lange dieser tiefe Blickaustausch dauerte. Das Gefühl, das er ihr schenkte, war zart und fragil wie die Flügel eines Schmetterlings und zugleich stark und lebendig wie eine wilde Brandung. Tiefer und tiefer wirkte es in sie hinein.

Als das intensive Ineinanderfließen ihrer Blikke sein natürliches Ende gefunden hatte, sagte Alexander leise: „Ich möchte dir noch eine Geschichte erzählen. Eine besondere."

„Dann freue ich mich besonders auf sie!"

Eine schicksalhafte Begegnung

Ein junger Mann, der an die magischen Kräfte der Seele glaubte, saß allein in einem Zugabteil, auf dem Rückweg von der Beerdigung einer Frau, die er vor Jahren einmal sehr geliebt hatte. Er war zwei Stunden mit dem Zug gefahren, um an dieser Beerdigung teilzunehmen. Doch als er auf dem Friedhof aus der Ferne die Trauernden am Sarg der Toten stehen sah, machte er auf dem Absatz kehrt: aus einem unwiderstehlichen Impuls heraus, der ihm ein Rätsel war. Er fuhr mit dem Taxi zurück zum Bahnhof, wo ein Zug, der ihn nach Hause bringen würde, bereits auf dem Bahnsteig stand. Er stieg ein, und kurz darauf setzte sich der Zug in Bewegung.

Als etwas später eine junge Frau mit einem seelenvollen Gesicht die Abteiltür öffnete und sich auf den gegenüberliegenden Fensterplatz setzte, war er auf den ersten Blick von ihr fasziniert. Schon in der ersten Minute hatte sie seine ganze Aufmerksamkeit gewonnen, ohne mehr dafür zu tun, als sie selbst zu sein.

Er spürte, daß die Begegnung für sie beide etwas Besonderes werden konnte. Und so ließ er sich auf ein Gespräch mit ihr ein, in das er etwas einbrachte, was er gut konnte: Er erzählte ihr selbstgeschriebene kleine Geschichten, die ihre Gesprächsthemen vertieften oder ihnen neue Aspekte abgewannen. Mit diesen Geschichten versuchte er, ihr Herz zu erreichen. Ob es ihm gelingen würde, wußte er nicht. Er wußte nur, daß er es versuchen mußte.

Nach und nach entstand zwischen ihr und ihm eine immer intensiver werdende Atmosphäre, in der etwas Wertvolles geschah, etwas sehr Schönes. Und plötzlich verstand der Mann, warum er den Friedhof fast fluchtartig verlassen hatte: Er hätte sonst den Zug verpaßt, in dem er dieser jungen Frau begegnet war. Der er begegnen sollte.

So fragwürdig diese Erklärung bei rationaler Betrachtung auch sein mochte: Der Mann war von ihrer Richtigkeit überzeugt. Seine innere Stimme schien gewußt zu haben, wie wichtig diese Begegnung für beide werden konnte. Mit dem Verstand konnte er dieses Rätsel nicht lösen. Doch die Seele konnte in der Zukunft liegende, mögliche Ereignisse vorausspüren und dafür sorgen, daß sie wirklich wurden.

Seine Seele hatte dafür gesorgt. Denn sonst hätten die junge Frau und er das Geschenk nicht empfangen können, das ihnen das Schicksal mit dieser Begegnung machte: ein unsagbar wertvolles Geschenk voller Schönheit und Tiefe. Es glich einem Baum mit tausend Blüten, der in den Himmel wachsen wollte. Dieser Baum hatte alle Möglichkeiten, der höchste Sinn im Leben der Frau und des Mannes zu werden: ihr bester Grund dafür, jeden Morgen aufzustehen.

Nachdem durch den Abteillautsprecher angekündigt wurde, daß der Zug in wenigen Minuten seinen nächsten Halt erreichen werde, standen Anna und Alexander gleichzeitig auf. Als hätten sie es stillschweigend so abgesprochen.

Sie ging auf ihn zu und sah ihm tief in die Augen.

Er berührte sie so zart und behutsam am Arm, als wäre sie etwas Zerbrechliches.

Ihr war, als hätten beide sich schon immer nach einer solchen Berührung gesehnt. „Du hast mein Herz erreicht", flüsterte sie.

Vielleicht konnte er es wegen der Fahrtgeräusche des Zuges nicht hören. Aber er brauchte es nicht zu hören, er würde es in ihren Augen sehen. Ganz sicher würde er es sehen.

„Du duftest genau wie sie", sagte er leise.

„Wie wer?"

„Die Frau hinter dem Seidenvorhang."

Die Weisheitsgeschichten

Hans Kruppa ist einer der meistgelesenen deutschen Dichter und Aphoristiker. Er lebt als freier Schriftsteller in Bremen. Seine Gedichte und Märchen, Erzählungen und Romane, Aphorismen und Kurzgeschichten hat er in mehr als hundert Büchern mit einer Gesamtauflage von über zwei Millionen veröffentlicht. Einige seiner Bücher wurden in andere Sprachen übersetzt. Für sein schriftstellerisches Werk wurde Hans Kruppa mit dem New Yorker Otto-Mainzer-Preis ausgezeichnet.

„Er gilt als Meister der Liebeslyrik, als Mann, der mit dem Herzen denkt, als Realist mit Mut zu seinen Gefühlen. Hans Kruppa spielt gekonnt auf der Klaviatur der Zwischentöne und hat damit großen Erfolg."

(Westfälische Nachrichten)

„Wer Hans Kruppa zuhört, dem können sich selbst die tristesten Stunden in ‚eine gute Zeit' verwandeln."

(Deutsche Tagespost, Würzburg)

„Kaum ein deutscher Autor ist so vielseitig und erfolgreich wie Hans Kruppa. Ob er Liebeslyrik verfaßt, Märchen erzählt oder Romane schreibt, jedes Mal fließt viel Herzblut in seine Arbeit mit ein."

(Visionen)

„Der Lyriker probiert, ohne daß er sich über die gesellschaftspolitische Lage Illusionen machte, auch ‚Schönwetterworte', und mit ihnen stellt sich Phantasie ein, Leichtigkeit …"

(Die Zeit)

Mehr Informationen: **www.hans-kruppa.de**